小银和我

［西班牙］胡安·拉蒙·希梅内斯 著
陈实 译 林卡伊 绘

花城出版社
南方传媒
中国·广州

图书在版编目（CIP）数据

小银和我 /（西）胡安·拉蒙·希梅内斯著；陈实译；林卡伊绘. -- 3版. -- 广州：花城出版社，2022.6

（彩绘诺贝尔）

ISBN 978-7-5360-9459-8

Ⅰ. ①小… Ⅱ. ①胡… ②陈… ③林… Ⅲ. ①散文诗－诗集－西班牙－现代 Ⅳ. ①I551.25

中国版本图书馆CIP数据核字(2021)第260090号

出 版 人：张　懿
责任编辑：揭莉琳　陈晓欢
技术编辑：凌春梅
封面设计：林卡伊
插画绘制：林卡伊

书　名	小银和我 XIAOYIN HE WO
出版发行	花城出版社 （广州市环市东路水荫路11号）
经　销	全国新华书店
印　刷	深圳市福圣印刷有限公司 （深圳市龙华区龙华街道龙苑大道联华工业区）
开　本	880毫米×1230毫米　32开
印　张	7.25　1插页
字　数	110,000字
版　次	2022年6月第1版　2022年6月第1次印刷
定　价	56.00元

如发现印装质量问题，请直接与印刷厂联系调换。
购书热线：020-37604658　37602954
花城出版社网站：http://www.fcph.com.cn

序

有些人相信《小银和我》是写给小朋友看的,以为这是一本儿童读物。

不是的。1913年,《读书》的编者知道我在写这本书,要求我挑一些田园气息比较浓厚的章节先出版为少年丛书。我一时心动,就写了下面一段话:

> 写给为小朋友念这本书的成年人。
>
> 在这本小书里面,快乐和悲哀是孪生的,像小银的耳朵,它是写给……我不知道写给什么人看……抒情诗人为谁写就给谁看吧……现在,就让小朋友看,连标点符号都没有加减。就这样!
>
> 诺瓦利斯[①]说过,有小孩的地方就有黄金时期。这黄

---

① Novalis(1772—1801),德国诗人。

金时期像一个从天而降的精神的岛，诗人的心灵在这里散步，得到所有的喜悦，最大的愿望是永远不必离开。

　　恩宠的岛，清新的岛，欢乐的岛，儿童的黄金时期；在我一生之中永远会遇上你，哀伤的海；你的微风带给我高深的灵感，有时像云雀在清晨的白色阳光里鸣啭一样没有意义！

我从来没有，以后也不会特别为小朋友写什么，因为我相信儿童可以读成人读的书，每个人都会想到一些例外。当然，成年男人和成年女人也有例外。

胡安·拉蒙·希梅内斯

修订版序①

进入1906年之前,一直没有能够动手写《小银》,当时慷慨的西马洛医生招待我在他家里住了两年,之后回到莫格尔。记忆中的莫格尔加上新的莫格尔,以及我对田野和人物的新认识,使我决定写这本书。从这时起,我就常常跟我的医生路易斯·罗帕斯·略达一起在村里、镇上走动,见过许多悲惨的事情发生。

最初我想把这书写成回忆录,用《莫格尔的花》《童年的事物和阴影》《安达卢西亚的悲歌》之类的体裁。我的日子是在孤独里度过的,只有小银相伴,他是一个助手,一种凭藉,是我感情的寄托。

许多人问过我,小银是不是真实的。他当然真实。在安

---

① "修订版"是一个没有机会实现的计划,所以这篇序言一直未曾发表过,手稿经诗人的侄儿保存下来,由波多黎各大学收藏。

达卢西亚的世界里,到处是田野和驴,还有雄马、雌马和骡。驴子干活跟马和骡同样能干,而且需要较少照顾。驴子可以运送不太重的负载物行走乡间小路,驮疲倦的小孩和病人。小银是某一类驴子的总称,他们的毛色像白银,有别于深灰色的摩伊诺和灰白色的卡诺。事实上,我的小银不是一头而是几头驴子,是几头小银合成的驴子。我养过年幼的,也养过成年的。他们都是小银。我的全部记忆加上他们,合起来就成为这本书。

成长之后,我比较喜欢我的马"上将",他带给我那么多的喜悦、生趣和快乐,陪伴我度过那么多黎明、午睡时间和黄昏,见过狂风暴雨、熟悉的田野和陌生的山。买了"松泉"的产权之后,在郊外走动,就比较多用驴子。我带驴子不是为了代步,是为了做伴。驴是比马更好的散步同伴,虽然内向些、胆小些,却也平和些、谦恭些。

1912年,我再到马德里,《读书》的编者弗兰西斯科·阿塞巴尔读了《小银》几篇手稿,要求我挑出若干章编成少年读物丛书。如第一本小书的序言所说,我交出原原本本的手稿,没有任何改动。我(跟伟大的塞万提斯说的一样)当时相信,现在也仍然相信,吸引和感动少年读者并不需要荒诞的题材(骑士游侠之类),只需要真实的人物故事,有深刻的感情,简单、明白、细致。

所以,《小银》是为儿童编集的书,不是为儿童写的书。

我现在重新用另一种方式编排,把这本书分成三部分。

早年的小银,成长了的小银,晚期的小银。同时,我也改用了自然、直接的手法,删除一些"金黄的""仿佛好像"等字眼,使文字流畅些。

胡安·拉蒙·希梅内斯

译序

　　希梅内斯动手写这本书之前不久,怀着丧父之痛离开马德里医院,回到出生的故乡莫格尔——西班牙南部安达卢西亚临近地中海的一个小镇。安达卢西亚有深远的历史背景,最早在三千多年前是腓尼基人的殖民地,五百年后先后被迦太基人、罗马人、希腊人和信奉伊斯兰教的摩尔人统治过,到十五世纪末才跟北部的阿拉贡王国合并成为今天的西班牙。多姿多彩的文化遗产,为诗人培植出浓厚的乡土感情。他把这片土地唤作"我的安达卢西亚"。

　　诗人不爱热闹,没有什么社交活动,跟他长期做伴的是一头银白色的小毛驴,他们的关系是主仆,也是父子、兄弟、师徒和好朋友,他们习惯到郊野去散步,在树下读书,他有时给驴子念诗,讲童年的故事、所见所闻、人生,也讲梦。

　　写书的时间断断续续,前后花了七年,其间,莫格尔经历了巨大的改变——邻近地区日益蓬勃的采矿业造成出海河道淤塞,严重影响了渔业和农业,希梅内斯家族的葡萄园荒芜了,酿酒坊关闭了,运送葡萄酒出口的船队解散了,有大理石楼梯和雕花大理石蓄水池的大宅院倒塌了,名门望族变成破落户。诗人和驴子一起见证了小镇的衰落,见证了贫穷、疾病和死亡——痨病的小女孩、白痴的小男孩、流浪狗、老马、瞎眼的老驴……最后,是小毛驴小银自己。

驴子吃了有毒的草,养活采葡萄工人、渔夫和海员的大河中了铜毒,性质相同,都是悲剧,所以书的副题是《安达卢西亚的哀歌》,哀悼小银,也哀悼安达卢西亚。在某种意义上,小银就是安达卢西亚,而最后在小银坟前出现的白蝴蝶,也许是象征着安达卢西亚不死的灵魂。

陈实

关于作者

胡安·拉蒙·希梅内斯（Juan Ramón Jiménez，1881—1958）出身于西班牙南部安达卢西亚区小镇莫格尔一个富裕家庭，是四兄弟中最受父母宠爱的，从小喜爱文学艺术，十五岁写出第一首诗，当时是耶稣会圣马利港中学的学生。进入塞维利亚修读哲学、文学时常有作品在当地报刊发表，很受批评家赞赏，其名声甚至传至首都马德里，引起文学界注意，选登了他的几首诗，西班牙诗人继里雅贝沙和厄瓜多尔诗人卢本·达里奥联名邀请他到马德里去合力推展现代主义运动。这封信决定了他献身文学事业至死。

希梅内斯在马德里受到新朋友的鼓励，出版了两本诗集，可是他先天的弱病体质不能适应都市的紧张生活，几个月后就回到故乡，之后在1901年至1903年的两年多时间里一直进出疗养院，又在医生朋友家里寄住了两年接受照顾，不过他在这五年时间里仍然继续写诗,每年都有诗集出版。

1906年,希梅内斯在故乡安顿下来,动笔写著名的散文诗作品《小银和我》,六年后完成。1914年应出版社要求,从136章里选出64章印成简节本的少年读物,再于1917年增添两章印出138章的增订版。这本书可以说是希梅内斯的代表作品,任何人提到希梅内斯都免不了要提这本书。

1917年是希梅内斯创作前期与后期的分水岭。这一年除了《小银和我》之外,还出版了诗、散文和散文诗合集《新婚诗人的日记》:另一本提到希梅内斯就免不了要提的重要作品。这本书显示他开始摆脱达里奥(现代主义)和贝克尔(浪漫及象征主义)的影响而建立起自己的风格。以前的伤感苦闷色彩淡化了,华丽辞藻的装饰减少了,他的抒情笔墨出现新的现实基础、活泼的想象和有深度的思维;我们不知道这种突破的动力,也许跟他渡过大西洋去美国后扩阔了视野有关,或者也跟他的翻译家美国妻子有关,他们夫妇合力译过印度诗人泰戈尔的全集。

1936年内战爆发,希梅内斯离开西班牙前往美洲,最初在波多黎各讲学一个短时期,转至古巴讲学两年,从1939年至1951年,先后在美国几家大学授课,最后七年在波多黎各大学教学。除了教学工作,他也积极参与文化推广活动,热心扶掖新进诗人,很受学生和年轻一代诗人爱戴。

1956年,诺贝尔文学奖评选委员只用了二十分钟就通过把奖项颁给希梅内斯。当时获得提名的共有四十四位作家，其中包括法国小说家加缪（1957年得主）和智利诗人聂鲁达（1971年得主）。颁奖词中表扬希梅内斯的"抒情诗是西班牙语文学的高尚情操和艺术纯粹性的典范"，又说"作为理想主义的梦想家，希梅内斯代表……最优秀的西班牙传统，尊崇他也等于尊崇马查多和加西亚·洛尔迦"。

希梅内斯超过半个世纪的创作，留下来的主要作品有：《紫罗兰的灵魂》（1900）、《睡莲》（1900）、《诗韵》（1902）、《悲哀的咏叹调》（1903）、《遥远的花园》（1904）、《田园诗》（1905）、《纯粹的哀歌》（1908）、《遗忘》（1909）、《奇幻凄凉的诗》（1909）、《间奏的哀歌》（1909）、《悲诉的哀歌》（1910）、《春天谣曲》（1910）、《有声的孤独》（1911）、《田园》（1911）、《沉思的面孔》（1912）、《忧郁》（1912）、《迷宫》（1913）、《夏天》（1916）、《小银和我》（1917）、《新婚诗人的日记》（1917）、《灵性的十四行诗》（1917）、《永恒》（1918）、《石和天》（1919）、《诗》（1923）、《美》（1923）、《诗文集》（1925）、《山杨树的小山冈》（1930）、《吟唱集》（1935）、《三个世界的西班牙人》（1942）、《我的杯子的声音》（1945）、《完全的季节》（1946）、《科勒盖伯勒斯谣曲集》（1948）和《深海动物》（1949）。

此外，希梅内斯的选集里有好几辑作品并没有单独出版的，包括：《开展中的书》《现在》《叶子》《在另一个海岸上》

《正午的小山》和《流动的河》。

　　自1917年面世之后,《小银和我》这本书不知道重印过多少次,经过多少次修订。我手上有三种版本,最早的是1957年美国德萨斯大学印行的英译本,另外两册是1991年马德里和2000年波哥大出的西班牙文版,比1957年的版本有不少删节,而2000年版又跟1991年版不完全相同,可能因为2000年所据的是较后期的南美洲版本,这是我依据这个版本移译的原因。其实我知道最少还有两种更新的版本,分别在2001年9月和2002年8月印行。2002年之后也许还有更新的,不过作者去世多年,遗稿应该已经清理完毕,大概不会出现更多修改了。

陈实

2003年冬,香港

为了纪念
太阳街精神异常的
阿格迪莉亚
把桑枣和石竹花遗赠给我的苦人

感悟文学魅力
阅读陪伴成长

智能阅读向导为您严选以下专属服务

本书定制内容
- ☆ **走近作家**：了解作家生平信息，感悟作家作品魅力。
- ☆ **作品音频**：随时随地听作品，精彩内容不打烊。
- ☆ **阅读方法**：阅读方法轻松学，学会读书效率高。
- ☆ **名言积累**：精美名言卡片，积累素材提升写作水平。

趣味拓展
- ☆ **知识闯关**：诺贝尔百科知识挑战赛，等你来闯关。
- ☆ **趣味拼图**：趣味拼图游戏，把精美插画带回家。

智能阅读工具
- · **阅读笔记**：在线分享读书心得，培养阅读好习惯。
- · **好书推荐**：好书推荐，精彩好书一触即达。

扫码添加
智能阅读向导

目录

Contents

- 1　小银
- 3　白蝴蝶
- 4　黄昏的游戏
- 6　日蚀
- 7　恐惧
- 9　幼稚园
- 11　犹大
- 12　疯子，傻瓜
- 14　早造无花果
- 16　奉告！
- 18　坟地
- 19　刺
- 20　燕子
- 22　厩房
- 24　阉马
- 26　对面的房子
- 28　白痴儿
- 30　鬼
- 32　红色风景
- 33　鹦鹉
- 36　屋顶
- 39　归途
- 40　关上的闸门
- 41　教区神父荷塞先生
- 42　春天
- 44　蓄水池
- 46　癞皮狗
- 47　水池
- 49　四月的田园诗
- 51　出走的金丝雀
- 52　魔鬼
- 54　自由
- 55　匈牙利浪人
- 56　情人
- 58　水蛭
- 60　三个老妇人
- 62　板车
- 63　面包

65 阿格莉哀	104 弗拉斯科·维列斯
67 王冠松	105 夏天
68 达尔邦	106 山火
70 男孩和水泉	108 河沟
72 友情	109 星期日
73 摇篮曲	111 蟋蟀的歌
74 院子里的树	112 斗牛
75 患结核病的女孩	114 暴风雨
76 罗西奥	115 葡萄收成季节
78 龙萨	117 夜曲
80 影画老伯	119 沙里多
82 路边的花	120 最酣畅的午睡
83 "爵爷"	121 烟火
85 井	122 花果园
86 桃子	123 月亮
88 反踢	124 快乐
89 驴学	125 野鸭
90 基督圣体节	126 瘦女孩
93 散步	128 牧童
94 斗鸡	130 金丝雀死了
96 黄昏	132 小山
97 印章	133 秋天
99 母狗	134 拴住的狗
100 她和我们	136 希腊海龟
102 麻雀	137 十月的下午

138 安多妮莉亚
139 看漏了的葡萄
140 "上将"
141 小风景画
143 鱼鳞
144 皮尼多
146 河
149 石榴
150 旧坟场
151 里比阿尼
152 "大堡垒"
153 旧斗牛场
154 回声
156 惊慌
157 旧喷泉
159 路
161 松果
162 走脱的公牛
163 十一月的田园诗
164 白马
165 闹新房
167 吉卜赛
168 火焰
169 病后
170 老驴

171 黎明
172 小花
173 圣诞
175 里贝拉街
176 冬天
177 驴奶
179 晴朗的夜
180 香菱花环
182 东方博士
184 蒙苏利欧姆
186 酒
188 神话故事
190 狂欢节
191 雷昂
193 风车
194 塔楼
195 沙商的驴子
196 牧歌
198 死亡
199 思念
200 锯木架
201 忧思
202 给莫格尔天上的小银
204 纸板小银
205 给小银,在他的土地上

小银 *Platero*

小银长得瘦小、多毛、温驯;外表看起来是那么柔软,好像全身都是棉花,没有骨头。只有镜子一样的漆黑眼珠是硬的,像两只黑水晶甲虫。

我让他自由走动,他就会跑上草地,用鼻子随意逗弄粉红色、蓝色和黄色的小花……听到我柔声呼唤:"小银?"又会轻盈地小跑过来,就像什么梦里那种银铃似的笑声。

我喂他什么,他就吃什么。他喜欢橘子、琥珀色的麝香葡萄、沾着点滴晶莹蜜糖的无花果……

他是柔顺的,爱撒娇,像小男孩,像小女孩,却又像石头一样强壮坚定。

星期天,我骑着他走过市郊街巷的时候,穿上干净衣服、行动缓慢的乡下人会停下来端详他:

"钢驴……"

钢,是钢,也是月亮的白银。

白蝴蝶
Mariposas blancas

入夜,迷茫的、紫色的。朦胧的绿色和玫瑰紫的光,在教堂尖顶后面流连。路向上伸延,充满黑影、钟声、草香、歌声、倦意和欲望。被大袋大袋的煤遮住的破屋子突然走出来一个暗黑的男人,戴着鸭舌帽,手握一根尖棒,香烟的火光有一刹那照得他的面孔通红。小银怕起来。

"带着货物吗?"

"请看吧……白蝴蝶……"

那人要把铁棒插进篮子,我没有阻止他。我打开褡裢让他看,里面什么都没有。梦的粮食飞走了,自由地,白茫茫地,没有给关卡上税。

黄昏的游戏 *Juegos del anochecer*

小银和我冷得发僵,在村子的夜色里走进干河床前面一条小巷的紫色幽暗里,穷人家的小孩在玩扮叫花子的游戏,互相唬吓。有一个用麻袋包着头,另一个说自己是瞎子,又另一个拐着脚走……

然后,他们换了花样,因为他们还有衣服鞋子可穿,而且让母亲不知道拿什么喂饱了,就开始扮演贵族王室:

"我爹有一个银时钟。"

"我爹有一匹马。"

"我爹有一支枪。"

天亮时催人起床的钟,杀不死饥饿的枪,带人去悲惨世界的马……

跟着,他们绕成圈子。一个外地来的小女孩,青鸟①的侄女儿,像公主一样悠扬地唱起来,歌声仿佛是黑暗中一根流动的水晶线:

---

① 在希梅内斯一家住所后巷一间小屋居住的单身汉。

"我是奥列伯爵的小寡妇……"

……唉,唉!可怜的孩子,唱吧,做梦吧!少年时代很快就会来到,春天会假扮成冬天,像叫花子那样唬吓我们。

"走吧,小银……"

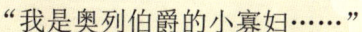

日蚀 *El eclipse*

我们的手随意放在口袋里,感觉到有凉凉的阴影掩上前额,是进入浓密的松林那种感觉。家鸡开始一只一只走上栖木。翠绿的田野整片暗下来,就像被圣坛的紫纱盖住了。远处的海变成一片白色,几颗星闪出微弱的光。屋顶的白颜色也发生变化了!我们这些在屋顶上互相打趣的人,在日蚀的静寂里变得又小又黑。

我们透过各种各样的东西看太阳:剧院用的望远镜、放大镜、瓶子、毛玻璃。又走到不同的地点看:屋顶窗、院子里的梯子、谷仓的窗,或者透过暗红色和蓝色的天井门玻璃。

太阳刚才还在用它的光芒和金黄使万物显得两倍、三倍、一百倍地更大更好,此刻躲起来了,中间并没有黄昏那种缓慢过渡,就使一切变得孤苦贫穷,似乎首先把金换成银,再把银换成铜。这个镇看起来就像一枚锈蚀的半分钱硬币。街道、广场、塔楼和山上的路,都变得多么阴郁卑微啊。

在下面的院子里,小银好像不怎么真实,变得不一样而且缩小了;是另一头驴子……

恐惧 *Escalofrío*

洁白的月亮,又圆又大,跟着我们走。渴睡的草地上那些黑莓子树丛,隐约有不知道什么黑山羊的身影。有人在我们经过的时候悄悄躲起来。围墙里面伸出一棵高大的杏树,被月光和开满枝头的花涂满白色,树梢也藏在一团白云里,荫护洒满三月星光的路……刺鼻的橘子香……潮湿,静寂……女巫谷……

"小银,好……冷啊!"

不知道是他自己害怕呢,还是因为感觉到我害怕,小银快步踏进河沟,把月亮踩碎。水花像长串透明的水晶玫瑰,缠住他的脚,不让他走……

小银往坡上跑,似乎被人追得急了那样颠着屁股,逐渐接近原以为遥不可及的小镇,开始感觉到淡淡的暖意……

幼稚园 *La miga*

小银,假如你跟别的孩子一样进幼稚园,就可以学一、二、三,也可以学写字。你会比蜡像院里那美人鱼——头戴人造花冠,水晶罩使她在绿波里显得全身透着玫瑰红和金色——驴子朋友懂得更多。

可惜,虽然只有四岁,你却长得这么高大而且笨手笨脚。你坐得进什么椅子,在什么桌子上写字,用什么纸什么笔呢?诗歌班,比方说,唱《使徒信经歌》的时候,你又能唱什么声部呢?

不行呀。穿紫色袍子、系着渔夫雷耶斯那种黄腰带的多米蒂拉小姐,也许会罚你在香蕉园角落跪两个钟头,或者用她的长藤条打你的手心,或者吃掉你午餐盒里的榅桲果,或者把点了火的纸头放在你的尾巴下面,使你的耳朵像庄稼人家的儿子在下雨前那样红得热辣辣的……

不行,小银,不行。你要跟我一起。我会让你看花看星。谁都不许把你当作低能儿那样取笑,谁都不许把你当作所谓笨驴那样,把一顶画着河船舷窗那种蓝色红色眼圈、有两只比你长一倍的大耳朵的帽子套上你的头。

犹大 *El loco*

别怕,小宝!怎么了?安静些……他们只杀犹大,傻孩子!

是的,杀犹大。蒙土里亚街有一个,恩美第奥街有一个,公用井这里也有。我昨晚已经看见它们浮在半空,似乎有一股超自然力量扶持,其实是从露台垂下晚上看不见的绳子吊起来的。平静的星光下出现那么多古老礼帽、妇女斗篷、宫廷假面具和罗伞裙子,好不怪诞!街上的狗向它们狂吠,却又不肯离开,马也顾忌它们,不愿意在下面走过……

钟声响了,小银,这表示遮住大圣坛的纱已经拉开了。我不相信镇里会有一支枪不曾向犹大开过火。弹药味甚至散到了这里。一响枪声!又一响!

……可是,小银,今天的犹大却是镇议员、学校老师、法医官、收税员、典狱长,或者接生婆;在复活节前的礼拜六早晨,每个人都闪闪缩缩地开枪射杀自己憎厌的对象,在春天的荒谬模拟行为里返老还童。

疯子,傻瓜 *El loco*

在小银淡灰色的背上,一身丧服衬一把山羊胡子和小黑帽,我看起来想必有点古怪吧。

经过扫了白灰水、在阳光下亮得耀眼的最后几条街前往葡萄园的时候,披着油腻长头发的吉卜赛儿童,让光滑的棕色肚皮裸露在绿、红、黄色的破衣服外面,追着我拉长了尖嗓子喊:

"疯傻瓜!疯傻瓜!疯傻瓜!"

……前面是已经转绿的郊野。面对着蓝得炽烈、纯净无涯的天空,我的眼睛——距离我的耳朵多么远啊!——忠心地张开,默默地享受莫名的平静,享受没有尽头的地平线上那种和谐神圣的安宁。

越过高处的菜畦,远处仍然传来含糊、零碎、断续、微弱的尖叫:

"疯傻……瓜!疯傻……瓜!"

早造无花果 *Las brevas*

破晓的时候有雾,阴冷,早造无花果最合时,我们在六点钟动身到里卡去采吃。

一百岁老的无花果树盘结着粗壮的灰色枝条,在寒冷的阴影里,仿佛罩在裙子下面,黑夜仍然在树下睡觉;阔叶子——给亚当和夏娃蔽体的——沾着细细的露珠,冲淡了它们的新绿。透过低垂的翠绿枝叶,可以看见黎明把东方无色的面纱染成玫瑰红。

……我们疯狂地跑,抢先跑到树下。在笑声和急速的心跳中,萝西伊里奥跟我一起抢到一棵树的叶子。"这儿。"她拉我的手按她的心,年轻的胸脯在起起伏伏,像一小股被困住的浪。矮小肥胖的阿德拉不大跑得动,远远地干着急。我给小银摘了几颗熟透的无花果,放在一个老树桩上,免得他无聊。

因为跑不快而气恼的阿德拉一边笑一边流泪,首先发动了无花果战争。一颗无花果在我头上爆开。萝西伊里奥跟我一起应战,我们用嘴巴吃的数目远比不上落在眼睛、鼻子、衣袖和颈脖上的多;不停的尖叫,跟没有打中目标的无花果一起落在清早的葡萄园地上。小银被一颗无花果打中了,马上成为疯狂游戏的目标。可怜的小东西不能自卫又不能还击,我只好站在他这边;淡蓝色的雨点像机关枪弹一样从四方八面穿过纯净的空气。

地上升起软弱无力的笑声,说明女孩们认输了。

奉告！ *El loco*

你看，小银，那么多玫瑰飘着哩：蓝玫瑰、粉红玫瑰、白玫瑰、没有颜色的玫瑰。简直可以说，天空溶成玫瑰了。瞧，我的头、肩膀和手都铺满玫瑰……我拿这许多玫瑰怎么办呢？

你也许知道这些温柔的花儿从哪儿来，我可不知道，每一天，它们把风景变得柔和，变成可爱的玫瑰红色、白色和蓝色——更多的玫瑰，更多的玫瑰——像以前跪着画圣像的弗拉·安哲利柯[①]的画，哎？

也许玫瑰是从天堂的第七重天散落的。就像暖和的、说不出颜色的雪花，玫瑰落在塔楼上、屋顶上、树上。看吧，所有冷硬的东西都被它们打扮得柔和了。玫瑰，玫瑰，玫瑰……

奉告祈祷钟响起来的时候，我们的生活就失去平常的力量，另外有一股更高尚更恒久更纯粹的内在力量，会像荣光的喷泉一样，把万物推到天上那些在玫瑰花里闪烁的群星之间……更多的玫瑰……小银呀，你的眼睛，你自己看不见的眼睛，你谦卑地仰望天空的眼睛，就是两朵美丽的玫瑰。

---

① Fra Angelico（约 1400—1455），佛罗伦萨宗教画家。

坟地 *El moridero*

如果你比我早死，亲爱的小银，你一定不会跟那些没有人爱的可怜的驴、马和狗一样，被人用老更夫的板车拖去大沼泽，也不会给推下山路旁边的深坑，你不会被乌鸦啄掉肌肉——像鲜红的夕阳里一个空船壳——而露出血红的肋骨，让乘搭六点钟驿车去圣胡安火车站的生意人看到那么丑恶的景象；你也不会全身发胀，硬邦邦地躺在坑里，在海鸥吃剩的、发臭的贝壳堆上，让入秋前在星期天下午穿过松林拾树枝烤松果吃的那些大胆好奇的孩子们走到坑边的时候大吃一惊。

放心吧，小银。我会让你葬在你心爱的花园里，在那棵圆圆的大松树下面。你会贴近快乐平静的生活。男孩子们会在你的周围玩游戏，女孩子们会在你旁边坐在矮凳子上学缝纫。你会听到孤独为我带来的诗句。你会听到洗衣服的少女们在橘子林里唱歌，水车转动的声音会让你平静的睡眠清凉愉快。一年四季，朱顶雀、山雀和翠鸟会在你上面，在长青的树顶，在你的沉睡与莫格尔永远蔚蓝的无涯天幕之间，织一张小小的音乐帐幕。

刺 La púa

到达牧马场的时候,小银开始一跛一跛地走。我赶快跳到地上。

"小宝,怎么了?"

小银的右前脚软软地垂着,没有重量也没有力气,轻轻触及路上灼热的沙,露出发红的脚掌。

我拉起他的脚检查,肯定比他的老医生达尔邦更关切。一根青色的橘木长刺扎在那里,像一把翡翠小刀。小银的痛苦使我难受,我把刺拔掉之后就带这可怜的小东西到长着黄百合的溪水边,让流水用清凉的长舌头舔他的伤口。

然后,我们继续走向白色的海,我在前,他在后,仍然跛着,每走一步都轻轻擦上我的肩膀。

燕子 *Golondrinas*

她就在那里,小银,黑色,机灵,在蒙特马约圣女像那个灰色的窠里,那是个受尊敬的窠。不幸的鸟儿心慌意乱。可怜的燕子,似乎跟上星期日蚀那天两点钟就上了栖木的鸡犯了同样的错误。今年的春天轻率提早来临,所以她只好发着抖,赤裸地,乖乖地回到三月阴暗的床上。看着橘子树初结的花蕾死去,真叫人难受。

燕子回来了,小银,可是你难得听见他们的声音,往年,他们回来的第一天,就会跟所有的东西打招呼,并且好奇地向周围张望,不停地吱喳交谈。他们会给花儿讲非洲的见闻,讲他们两次渡海的旅程,怎样卧在水上伸出一只翅膀做帆,或者栖在船桅上;他们会讲别的日落,别的黎明,别的星夜……

现在,他们不知道怎么办。他们到处飞来飞去,默默地,惶惑地,就像被孩子们踩断路线的蚂蚁一样乱闯。他们再也不敢在努埃瓦街恣意直线升降又耍一个花招才肯罢休,不敢回井里的窠去,也不敢蹲上白色绝缘箱子旁边那些在北风里哼哼的电线,像传统明信片上画的那样……他们会冷死哩,小银!

厨房 La cuadra

中午的时候我去看小银,一线透明的阳光在他柔和的银灰背上点起一大片金黄。他脚下的暗绿地面让周围染上青翠调子,耀眼的火钱币从残旧的屋顶撒下。

躺在小银脚边的狄安娜蹦跳着跑向我,两只前脚抵住我的胸口,粉红色的舌头热烈舐我的嘴巴。山羊在最上层的饲槽那里用好奇的眼光看我,撒娇地晃动她美丽的头。我进门之前,小银已经高叫欢迎了,这时候就拼命想扯脱绳子,充分表达出他的快乐和刚劲。

光灿灿的天赐宝物从天窗落下,有一刹那,我沿着太阳的光线离开地上的牧歌世界升上天空。之后,我爬到一块大石上面眺望原野。

青翠的风景在开满花的、渴睡的暑气里浮动,在肮脏的土墙周围那一片澄澈的蓝里,一口钟远远地、悠悠地敲响。

阉马 *El potro castrado*

他浑身漆黑,有鲜红、翠绿和蓝色光泽,像甲虫和乌鸦那样闪着银光。他充满青春气息的眼睛不时闪出生命的火花,像马奎斯广场上卖烤栗子的拉摩娜的锅子。他从多沙的费里谢达街进城,碎步穿过努埃瓦街石子路的时候,蹄声多么清脆!纤秀的头,修长的腿,那么潇洒,那么机警,那么灵敏!

以高贵的姿态,他穿过酒坊的矮门,让红太阳下的"大堡垒"衬托着,身上的毛显得比真实的颜色更黑。他从容地、儿戏地跨过用作门槛的一截松树,绿色的院子马上就充满了喜气,充满了麻雀、鸽子和鸡的叫声。四个穿着花花绿绿衬衫的男人在那里等着,多毛的手交抱胸前。他们拉他走到胡椒树下面。短暂的搏斗,由温和演变到激烈盲目,他们终于把他掀倒在粪堆上,压住他让兽医达尔邦动了手术,小驹原来那种神奇的、忧郁的魅力,一下子完全消失。

完整的美该带进坟墓,跟自己一起,

不完整的,留给管身后事的人料理。

那是莎士比亚对朋友说的。

……变成宦者的少年,满身是汗,驯服了,又疲惫又伤心。这时候一个人就独力拉他站了起来,给他盖上毯子,牵他慢慢走到街上。

没用的、可怜的云,昨日的电光,温驯,呆滞!他像散掉的书页那样走着,好像脚的下面不是地,在他的蹄和石路之间有一种新元素使他隔离并且失去意识,在这个残暴、完整、浑圆的春天早晨,像一棵连根拔起的树,像一小片记忆。

对面的房子
La casa de enfrente

小银,我小时候总觉得对面人家的房子有很大吸引力!最初是里贝拉街水夫阿列布拉的小屋,它朝南的院子在阳光里永远是金黄色的,爬上围墙可以望见威尔瓦。有时他们会让我进屋里去,阿列布拉的女儿会给我酸橙并且吻我,那时候她看起来已经是个大人,现在是个主妇,样子没有什么不同……后来,搬到努埃瓦街——然后是卡诺瓦斯,然后是法来胡安格列斯——塞维利亚糖果商荷塞先生的房子,他有一双耀眼的黄色小羊皮靴子,喜欢在院子里的世纪树上悬挂蛋壳,把过道的门漆成柠檬黄色又加上蓝条纹,他有时到我们家来,父亲会给他钱,他跟父亲永远谈论橄榄园……从我家阳台望得见的,比荷塞先生的屋顶还要高的那棵栖满麻雀的老胡椒树,曾经是我童年那么多梦想的摇篮!我觉得那其实是两棵胡椒树,不止一棵:一棵是从我家阳台看见的,树顶上是风或者阳光;另一棵是在荷塞先生院子里从树底下往上望见的……

在晴天的黄昏，在下雨天的正午，在每天或者每小时的微妙变化之中，在静悄悄的街上，从我家铁围栏、窗口、阳台看对面人家的房子，是多么有趣多么特别的诱惑！

白痴儿 *El niño tonto*

我们每次经过圣荷塞的街道回家,那小白痴总坐在他家门口的小凳子上看过路的人。这可怜虫不会说话,不讨人喜欢;他自己倒是快乐的,可是别人看着可悲;在母亲眼里,他是整个世界,在别人眼里,是废物。

有一天,邪恶的黑风吹过白色的街道,那孩子就从门口消失了。一只鸟在空门槛上唱歌,使我记起诗人古洛斯以父亲身份向一只加里西亚黄蝴蝶打听亡儿消息:

"金翅膀的蝴蝶……"

现在,春天已经到了,我又想到从圣荷塞升上天堂的小白痴。此刻他大概在独一无二的玫瑰花丛旁边,在小凳子上又一次张开眼睛,观看圣宠者金灿灿地来来往往。

鬼 *La fantasma*

帮工阿妮雅的率真和青春气息是无穷尽的欢乐泉源,她喜欢扮鬼。她会披一张床单,在已经白得像百合花的脸上扑粉,把蒜瓣装在牙齿外面,乘我们晚饭后在小客厅里半睡半醒地做梦的时候,提一盏点亮的灯现身,悄悄地,庄严地慢步走下大理石楼梯。那装扮让人觉得她披着袍的身体是赤裸的。不错,在黑暗的高处出现这种诡异景象确实吓人,但那一身的白,同时也有说不出的吸引力。

小银,我永远忘不了那个九月的夜晚。风暴在镇上敲打了整个钟头,像有病的心脏,泼水似的雨和冰雹夹着叫人沮丧的持续雷电,蓄水池满泻了,院子浸在水里。最后的配乐——九点钟的驿车、晚祷钟、邮车——都过去了……我发着抖到饭厅去喝水的时候,在一闪的电光里看见维拉尔德斯家的桉树——我们管它叫布谷树——断成两截,压向工具小屋的屋顶……

猛然一声霹雳,像让人眼前发黑的强光发出狂吼,整座房子震动起来。我们回过神,发现自己已经不在原来的地方,每个人都好像只有自己,不关心也不理会别人。有人喊头疼,有人喊眼疼,有人喊胸口疼……逐一回到自己的位子。

风雨小了一点儿……正彻底掰成两半的云团之间,月亮用她白色的火照亮浸满院子的水。我们巡视周围。"爵爷"不断狂吠,三番四次跑向院子的台阶,我们跟他去看……小银,那株晚上开花的攀藤夜香,散发着恶心的香气,旁边躺着装鬼的阿妮雅,没气了。因为电殛而泛黑的手,仍然握住亮着的提灯。

红色风景 *Paisaje grana*

山顶。落日在这里整个地变成紫色,因为被自己的水晶矛刺伤而流着血。在它的光线下面,松林似乎不那么绿了,染上模糊的红;晶莹的青草和小花给这宁静的一刻添上一种温润的、渗透性的明亮元素。

我停下来,让自己沉醉在斜晖的风景里。小银的黑眼睛在夕阳下泛出红色,他慢慢地走向一个闪着暗红、浅红和浅紫的水潭;镜子似的水面让他温柔的嘴巴碰破又随即还原为液体;而他的大喉咙里就好像有一股一股暗红色的水涌过。

我熟悉这地方,可是这一刻它发生了变化,变得陌生了,荒凉而雄壮。似乎我们随时会发现一座废弃的王宫……黄昏一直伸延至越过自己,这个近乎永恒的时刻变成无穷无尽,平和,深不可测……

"小银,走吧……"

鹦鹉 *El loro*

我们在法国医生朋友的花园里跟小银和鹦鹉玩的时候，斜坡上一个头发蓬乱、神色慌张的年轻妇人向我们走过来。未到跟前，那焦虑的人就恳求地问：

"少爷，大夫在吗？"

她后面跟着一群褴褛的小孩，喘吁吁地不住向斜坡上张望；后来是几个男人抬着另一个软弱的男人。他是在康雅纳保护区打鹿的偷猎者。他的枪是用草绳结扎的奇怪古董，走火射进他的手臂。

我的朋友轻轻解开裹伤的旧布，洗血污，用手指试探骨骼和肌肉。不时对我说：

"小意思……"

暮色降落。威尔瓦港湾那边传来沼泽、松香和鱼腥味……西方玫瑰红天空下面的橘子树丛展示浓厚的翠绿天鹅绒。红色、绿色的鹦鹉在紫色、绿色的丁香树之间走来走去，用它小小的圆眼睛观察我们。

可怜的猎人,满眼泪水反映着阳光,不时闷哼呻吟,而鹦鹉就说:

"小意思……"

我的朋友为伤口裹上棉花和绷带。

倒霉的男人喊:

"哎——唷!"

丁香花丛里的鹦鹉说:

"小意思……小意思……"

屋顶 *La azotea*

你呀，小银，从来没有到过房子的平屋顶，你不知道，从又黑又窄的木楼梯到达那里的时候，深呼吸会怎样让我们打开心胸，觉得自己在白昼的大太阳下面发热，全身浴着蔚蓝，像碰到了天空一样，而铺在砖地上的石灰白得刺眼，你知道，铺石灰是为了让云层洒落的水干净了才流进蓄水池。

屋顶的魅力多么大！塔楼的钟是在我们胸口里敲响的，跟跳得越来越快的心在同一高度；远处的葡萄园有一把锄头在太阳下发出闪光；一切都在脚下：别人的屋顶；一些院子里有被忘掉的人——修理椅子的工匠、油漆匠、桶匠——在各自干活；木场上有点缀风景的树、牛和羊；坟场有时会出现买三等车票来的、愁苦、互相靠紧、没有人注意的小小送葬行列；窗子旁边有穿睡袍的少女漫不经心地唱歌梳头；河上有一只船正在驶近；谷仓有孤独的乐手吹奏短号，或者有狂热的恋人在不顾一切地享受秘密的爱情……

房子消失了,变成了地窖。从天窗玻璃望下去,日常生活变得多么陌生:话语、声音、花园,都好像更好听更好看了;至于你,小银,你看不见我,只爱在水槽边喝水,或者傻乎乎地逗弄麻雀或者小龟!

归途

我们都装得满满的下山:小银带的是檀枝,我带的是黄百合。

四月的黄昏。西方那一片清澈的金黄逐渐化成清澈的银灰,透着水晶茉莉那样柔和的光。然后,广阔的天空变成透明的蓝宝石,又变成绿宝石。我陷入愁思……

在山上往下望,在这升华的时刻,村里那座顶屋镶蓝色瓷砖的钟楼,看起来竟有纪念碑的气派。此刻它是远处的风向标,它使我对城市像樱草气味那么强烈的怀念得到某种忧郁的慰藉。

回去……回去什么地方?从什么地方来了?为了什么?……在入夜的清新空气里,我带着的百合花更香了;看不见的花,只有气味、没有形状的花,在孤独的黑暗里散发出更浓烈,也更隐约的芬芳,熏陶着肉体和灵魂。

"我的灵魂,黑暗里的百合!"我说。然后,突然想起了小银,让他背着走,我竟把他完全忘掉了,仿佛他就是我的身体。

关上的闸门 *La verja cerrada*

我们每次去迪埃斯摩酒坊，回程总会沿着圣安多尼奥路的墙边走，并且在通向郊外那关上的格子闸门前停下来。我会把脸贴近铁枝，热切地极目左右张望。残破的闸口长满荨麻和锦葵，前面一条小路斜斜向下伸展而消失于安古斯蒂亚斯那边。围墙下面是一条我从来没有走过的路，又深又阔……

透过闸门的铁格子看外面的天空和风景是多么奇异的诱惑！似乎有什么虚幻的屋顶和墙把景物隔离了，单独留在关上的闸门外面……我看得见公路、公路的桥和烟、山杨树、砖窑、巴洛斯山岭和威尔瓦的汽船，入夜之后还可以看到里奥丁多码头的灯光和阿洛约斯那棵高大孤独的桉树，后面衬托着渐渐暗下去的紫色落日。

酒坊的人常常笑着告诉我，闸门并没有上锁……不受控制的思想让我梦见闸门开向一些美丽无比的花园，开向最广阔的原野……就像那次相信了噩梦而尝试飞下大理石楼梯，有一千个早上，我曾经走到闸门那里，深信会看到自己有意或无意地用幻想给现实添加的东西……

教区神父荷塞先生

看吧,小银,他来了,神圣而且满口甜言蜜语。可是,事实上永远像天使一样善良的,是他的母驴"淑女"。

我相信你有一次见过他穿着水手裤子、戴着阔边帽,在他的果园里向偷橘子的顽童咒骂并且扔石子。你已经见过一千次,他可怜的仆人巴尔塔萨在星期五拖着马戏班气球似的大肿瘤,走路进城替他兜售该死的扫帚,或者跟穷人一起为有钱人死去的亲戚祈祷……

我从来没有听过有人比他骂得更狠,也没有听过有人比他咒得更毒。没有疑问,他知道,最少他在五点钟弥撒时说过,他知道天堂在哪里,知道天堂的一切……而树、水、风、蜡烛等美好、清洁、纯净可喜的东西,在他的眼里却似乎代表着混乱、冷酷、凶恶和破坏。果园里的石头,每天到了晚上就会乱了位置,因为都被他恶狠狠地扔向飞鸟、洗衣女、小孩和花。

晚祷的时候一切都会改观。荷塞先生的沉默,在沉默的原野上也听得见。他穿上神父袍、罩衣和小圆帽,骑着迟缓的母驴,似乎一路闭着眼进城,几乎就是耶稣的圣像……

春天

> 哎，多么亮多么香！
> 哎，青草地笑得多好看！
> 哎，多好听的声音！
> ——流行谣曲

早上假寐的时候，被孩子们要命的喧哗吵得心烦。反正不能睡，我终于下了床。从打开的窗子看外面的田野，才知道吵醒我的是鸟噪。

走进院子，我向这蓝色日子的上帝唱感恩歌。免费的声乐表演，无穷尽的清新音乐！爱卖弄的燕子在井里唱花腔；八哥在歪倒的橘子树上吹哨；俏丽的黄鹂在矮树丛里吱喳着飞来飞去；黄雀在桉树顶吐出串串笑声；麻雀在最高的松树上大声争论。

多好的早晨呀！太阳在地上铺开金色银色的喜悦；一千种彩色的蝴蝶到处飞；在花丛里，穿过屋子——进去了，又出来了——在水泉上。郊野所有的地方都噼噼啪啪地、吱吱咯咯地爆开，在健康的新生命的沸腾中完全铺开自己。

我们好像处身在一个光的大蜂房里，它也许是一朵巨大温暖的红玫瑰的花心。

蓄水池 *El aljibe*

你看吧,小银,最近几场雨把它装得快满泻了。现在它已经发不出回声,黄蓝玻璃顶的门廊上面那个被阳光照射成七色宝石似的阳台窗子,在池里也没有倒影了。

小银,你没有到水池里去过。我可去过;几年前我是在它没有水的时候进去的。告诉你吧,它有一条长甬道,尽头处是一个小房间。一进去,带着的蜡烛就熄灭了。一条蝾螈爬过我的手。我胸前有两股交叉的寒意,像两把剑,像骷髅头下面两根枯骨……小银,镇上到处都有蓄水池和地道。最大的池在"大堡垒"旧要塞的"边界"广场。最精致的是我们家里这个,你看见了,它的边沿是整块的雕花大理石。教堂那条地道一直通到本塔列斯的葡萄园,最后在河边的原野通出地面。从医院开始的那一条,从来没有人敢走完,因为它没有尽头。

我记得小时候晚上听着雨水从屋顶流进水池那种哭泣似的声音就不能入睡。然后,第二天一早,我们会发狂一样跑到池边看水有多满。如果水涨到池边,像今天这样,那是多么大的惊喜,多么热烈的赞叹,多么响亮的欢呼!

……来吧,小银,现在就让你喝一桶清凉干净的水吧,维叶格斯老爹也用这个桶喝过水,可怜的维叶格斯,白兰地和白酒已经烧干了他的身体……

癞皮狗 *El perro sarnoso*

他不时会到院子里的小屋去,瘦骨棱棱的,喘吁吁的。可怜的东西,总在逃避着什么,受惯了吆喝和扔石子。连别的狗也向他咆哮。而他就慢慢地、愁惨地回到正午的太阳下面,走下山。

那天下午,他跟上了狄安娜。我出门的时候,看守员忽然心生恶念,瞄准他开了一枪。我来不及阻止。可怜的狗给射中了,晕陀陀地旋转了两三个圈,发出凄厉的号叫,终于倒在一株刺槐下面死去。

小银直着脖子,眼睛盯住狗。狄安娜吓慌了,在我们后面躲来躲去。看守员也许有点后悔,不知道向什么人反反复复辩解,因为无法安抚良心而显得懊恼。一片阴霾似乎给太阳披上丧衣;一大片阴霾,就像掩上被射杀的狗那只完好眼睛的一小片云翳。

那天下午,在笼罩着死狗尸体的深沉静寂里,被海风吹得发昏的桉树,向着刮过整片金黄郊野的狂风哭泣,一声比一声凄切。

水池 *Remanso*

小银,等一等。如果你喜欢,也可以在这柔软的草地上玩一会。让我看看这美丽的池子,我已经许多年没来过了。

你看,看阳光穿透混浊的水,照亮岸上清纯的百合花在痴痴观望的,池底的翠绿金黄亮丽色彩……沿着丝绒般柔软的梯子下降,是重叠的迷宫;是神奇的洞穴,里面有梦的神话为心灵艺术家的无穷想象力带来种种异象;是一个绿色大眼睛的疯女王用永恒的忧郁建造的典丽花园;是颓败的宫殿,就像夕阳的光线斜斜射进海水的景象……还有,还有,还有在最古怪的梦里所能找到的一切,为留住飘逸的美而拉扯她无比宽大的衣袍。在一个半真半幻的花园里,走向记忆中一个使人心痛的、春天的时刻……微小而又巨大,是因为显得遥远;开启千万种刺激的钥匙,魔术师最古老的法宝。

小银,这池子以前是我的心。我觉得它是孤单的,有毒而美丽,充满种种受遏抑的邪念……只有当人类的爱闯进去,打开它的闸门,放出污染的血,它才会变得清洁、纯净而且柔和,小银,像四月份最开朗、最金黄和最愉快的日子里的、大平原上的小溪。

可是,有时一只苍白古老的手会带这颗心回去昔日那个孤单的翠绿池子,让它忘形地陶醉,回应一声清晰的呼唤:"给悲伤加一点甜。"小银,我曾经用假声给你念过谢尼埃[①]的田园诗,这话是里面的海拉斯对阿尔西德斯说的……

---

① Chénier,Andre(1762—1794),法国诗人。

四月的田园诗 *Idilio de abril*

孩子们刚才把小银带去山杨树那边的小溪,此刻又带他小跑着回来,背着一身的黄花,闹着,没来由地笑着。他们在那边遇上雨——一团浮云向青翠的原野撒下金线银线,在那里面颤动的,是泪水造的弦琴似的彩虹。小家伙的毛湿透了,背上的风铃花还在滴水。

清新、轻快、伤感的田园诗!在沾满雨水的柔嫩鲜花下面,连小银的叫声都变得温柔了。他不时回过头去咬大嘴巴够得到的花,白色、黄色的花吊在他嘴边,上面沾着他青青白白的唾沫,很快就进了圆鼓鼓的肚子。小银,谁能像你那样吃花……却又不闹病!

暧昧的四月的黄昏!小银明亮的眼睛反映着阳光和雨水的时刻,在夕阳下,在圣胡安的原野上,另一团玫瑰色的云洒下了雨点。

出走的金丝雀
El canario vuela

有一天，绿色的金丝雀逃出了笼子，不知道用什么方法，也不知道为什么。他已经上了年纪，是一位老太太悲哀的遗赠。我没有让他走是因为怕他饿死或者冷死，或者被猫吃掉。

整个上午，他在院子的石榴树、大门旁的松树和丁香树之间来来去去。整个上午，孩子们就坐在门廊上专心观看这黄亮的鸟儿短暂的逃亡。小银在玫瑰丛旁边无聊地跟蝴蝶玩。

到了下午，金丝雀上了大房子屋顶，停在那里好一会儿，在温和的夕阳下拍翅膀。忽然，不知道用什么方法或者为什么，他又回到笼子里面了，快快乐乐的。

花园里吵得多厉害呀！孩子们跳来跳去，又是拍手又是笑，脸上泛出黎明那种红光；狄安娜发疯似的紧随他们边跑边吠，响应她身上清脆的小铃铛；小银被欢乐的气氛感染了，也像山羊那样蹦跳，直立起来转圈子，跳粗鲁的圆舞，或者用前腿站着乱踢身后透明温暖的空气……

魔鬼 *El demonio*

那头驴一下子转出特拉斯穆罗街的街角，在大团的灰尘里益发显得肮脏。一群顽童跟着出现，喘吁吁地拉扯遮不住黑肚皮的褴褛裤子，追着他扔木条和石子。

他全身黑色，高大，苍老，瘦骨棱棱——像个什么教主——似乎身上的骨头随时会捅穿没有毛的皮。他停下来，露出大颗大颗马豆似的黄牙齿，狠狠地向天长嚎，那劲道跟他的龙钟老态完全不调和……是迷路的驴吗？小银，你认识他吗？他要什么？跑得这么狼狈是为了逃避什么？

小银一看见他，两只耳朵马上直竖起来，耳尖贴着耳尖，跟着垂下一只耳朵，另一只仍然竖着，挨近我，想躲进排水沟又想跑。那黑驴一直走过来，擦他的身体，挤他的鞍，嗅他，又在修道院墙外叫了一会儿，才跑向特拉斯穆罗街尾……

……热空气在一刹那间透出诡异的寒意——我的？小银的？——这时候好像一切都颠三倒四，好像太阳前面忽然出现一块黑布的阴影,掩盖了路弯处耀眼的空寂,突然静止的空气,就凝结在那里……遥远的事物慢慢带我们回到现实。我们听到鱼市场那边传来许多模糊的声音。刚从里贝拉来的鱼贩子在推销他们的货物:比目鱼、鲱鱼、鲤鱼、螃蟹;钟声宣告早上的布道会;磨剪刀的人吹哨子……

小银仍然在发抖,不时慌张地望我,我们两个都陷入静默里,不知道为什么……

"小银,我相信那头驴不是驴……"

小银又一次默默地全身打战,抖出轻微的声音,然后畏缩地低头向排水沟望了一眼……

自由

我本来在专心看小径旁边的花,后来让阳光下一只被网住的小鸟分了心,他不断在潮湿的草地上扑动翅膀。我们慢慢走近他,我在前,小银在后。附近暗处有一个水源,一些诡计多端的男孩在那里装了捕鸟的陷阱。可怜的小鸟只能飞起那么一点点,无意识地呼唤空中的兄弟。

那早晨是明朗纯净的,一片蔚蓝。附近的松树传来群鸟兴奋的小型音乐会,有时高昂,有时柔和,并没有被摇动树顶枝叶的温柔金黄的海风吹散。可怜的、天真的音乐会,距离恶毒的心肠那么近。

我跨上小银的背,用脚驱策他快步上坡走去松树丛。到了枝叶婆娑的树荫下,我就拍手、唱歌、吆喝起来。小银感染了我的热心,也粗声粗气地叫了几次。低沉洪亮的回声仿佛是从深井底冒起的一样。鸟群唱着歌向另一丛树飞走了。

远处传来顽童愤怒的咒骂,小银向我道谢,用他毛茸茸的头擦得我胸口发疼。

匈牙利浪人 *Los húngaros*

看吧，小银，他们在阳光下的人行道上躺着，伸手伸脚地，就像累透了的狗拖着尾巴。

那年轻女子好像是个泥捏的人，大红大绿的毛衣几乎裹不住她古铜色的裸体，她用锅底一样黑的手拉扯附近的干草。小女孩蓬着头用碎煤在墙上乱涂猥亵的图画。小男孩在自己身上撒尿，就像喷泉的水撒进池子，又哭又叫。男人和猴子都在搔痒，喃喃自语的男人搔他乱成一团的头发，猴子搔自己的肋骨，仿佛在弹吉他。

男人不时会直起腰走到街心，懒懒地摇着铃鼓向阳台张望。被男孩踢中的女人毫不害羞地讲粗话，一边用不成调的声音唱不成调的歌。猴子拖着比他身体更重的铁链，不合拍地随便摇铃，翻弄排水沟里的小石子，似乎想挑一颗合心意的。

三点钟……驿车驶出努埃瓦街。太阳，孤单地。

小银，这是个标准的阿马洛家庭……一家之主的男人会搔痒；依附他的女人会伸懒腰；男孩和女孩会传宗接代，而跟这个世界同样弱小却养活他们一家的猴子，会拣虱子……

情人 *La novia*

清新的海风吹上红色山坡，吹上山顶的草地，笑着吹过娇柔的小白花；然后，它轻轻缠上小松树，又把天上玫瑰红和金色的闪亮云层吹得鼓胀起来，像一张张轻帆……海风就是整个下午。阳光，风，心灵充满多么平和的幸福！

小银背着我，愉快、轻盈、温驯。我在他的背上似乎没有任何重量，上山跟下山同样轻松。远处的海是一根没有颜色的闪光丝带，在最后的松树之间涌动，是岛的景色。山下的草地上有活泼的驴子在树丛之间跳来跳去。

山谷间一阵使人心荡的震动。小银突然竖起耳朵，鼻孔张大到几乎贴近眼睛，露出豌豆大的黄牙齿。他深深呼吸，从四面八方的风里嗅到不知道什么让他动心的强烈气味。不错，在另一座山上，蓝色天空衬托着的，是他秀丽的灰色情人。两声同时响起的洪亮长叫，划破了这个澄明的时刻，像两股瀑布一泻而下。

可怜的小银，当年我遏抑他的恋爱本能，是不得已的事。他美丽的情人目送他离开，跟他同样伤心，黑色大眼睛里有许多幽怨……神秘的、徒然的呼唤，像放纵的本能，在雏菊丛里回荡，回荡。

小银不甘心地走着，分分秒秒都不想回头，他细碎的脚步声充满愤懑：

"我不相信，我不相信，我不相信……"

水蛭 *La sanguijuela*

"慢着。怎么了,小银?你怎么了?"

小银的嘴巴在流血。他咳嗽着,越走越慢。我马上就明白了。那天早上,经过松树泉的时候,小银喝过水。虽然他总挑水清的地方,而且咬紧牙关,可是相信还是让水蛭吸住舌头或者上颚了。

"等一下,小家伙,让我看看。"

我找来杏树园的农夫拉波索帮忙,我们合力想叫小银张开嘴巴,可是他咬得那么紧,就像用水泥封住一样。我无奈地承认,可怜的小银并不像我想的那么聪明。拉波索找来一根结实的树枝,折成四段,尝试把其中一段塞进小银上下颚之间。那并不容易。小银人立起来,头抬得老高;他到处跑着闪避。后来,觑着他不留神,枝条终于进了嘴巴。为了不让小银挣脱,波拉索跨上他的背,双手握住树枝的两端往后拉。

果然,水蛭就在嘴巴深处,黑黑的,胀鼓鼓的。我用两根小枝把它夹出来。它看起来像一小袋赭石或者红酒；在阳光下又像被红布惹火了的火鸡鸡冠。为了不让它再吸任何驴子的血，我把它切断扔进小溪，小银的血一下子染红了小漩涡涌起的水沫。

三个老妇人 Las tres viejas

到土墩上来,小银。来,我们必须让路给那三个可怜的老婆婆……

她们可能是从海滩或者山上来的。你看,其中一个已经瞎了,另外两个拉着她的臂膀引路。她们也许想找鲁伊斯医生或者想去医院。看她们走路多么慢,视力健全的两个人行动多么小心,多么谨慎。三个人都好像害怕碰上死神。小银,你看见她们好像想抓住空气或者推开想象的危险那样,向前伸着手吗?看见她们连拨开一根小小的树枝也轻柔得那么过分吗?

小家伙,当心别摔倒……听听她们让人难过的对话吧。她们是吉卜赛人。看,她们的衣服多么别致,打补丁,又镶褶边。看见吗?年龄并没有使她们失去风度。虽然皮肤黝黑,满头是汗,肮脏,而且在正午炎热的尘埃里容貌模糊,却仍然有一种清秀、原始的美,像干燥坚硬的记忆。

小银,看这三个人吧。她们多么自信地跟衰老一起生活,让生命渗透连蓟草也能在灼热阳光的温柔搏动中开出黄色的春天气息!

板车 *La carretilla*

在灌满了雨水而涨到葡萄园那里的一条大溪旁边,我们发现一辆残旧的板车陷在泥泞里,车身已经完全被装得满满的草和橘子遮住。一个肮脏褴褛的女孩挨着车轮哭泣,用刚发育的胸脯推压拉车的小毛驴,想给他加一把力,那头驴,唉,比小银更瘦更弱。在女孩的哭声里,小毛驴逆着风拼命想把车子拉出泥泞。他白费了气力,像个只有勇气的小孩,像夏天的一丝微风,徒然吹拂而终于消失在花丛里。

我轻轻拍打小银,设法在小毛驴前面把他套上板车,然后柔声鼓励他,小银一下子就把驴和车都拉出泥坑,上了干地。

女孩笑了!藏在黄水晶雨云里的夕阳,在她沾着泥的泪水上闪亮。

仍然流着泪,她高高兴兴地给我挑了两个橘子,又重又饱满的橘子。我欣然接过来,一个送给瘦弱的小驴作为报酬,一个送给小银,当作金奖牌。

面包 *El pan*

小银,我以前告诉你,莫格尔镇的灵魂是酒,错了;莫格尔镇的灵魂是面包。莫格尔是小麦面包,白的心,金黄的皮……啊,棕色的太阳!——像柔软的树皮。

中午阳光最猛烈的时候,小镇就开始冒烟,散发出松木和热面包的香味。整个镇张开嘴巴,吃大面包的大嘴巴。面包什么都能配合:食油、肉汤、干酪和葡萄,给它们添上亲吻的味道,又可以配合酒、清汤、火腿、面包,面包配面包。有时单单是面包,像希望那样,什么别的都不加添,也可以加一点幻想……

面包贩总是骑着马碎步上街,他在每一扇关起的大门前停下,拍着手高声喊:"面——包——"……然后,面包就落进人们赤裸着臂膀举起的篮子里,发出温柔稳重的声音,方面包碰上圆面包,长条面包碰上面包圈……

穷人家的小孩这时候会跑去拉铁闸的门铃或者敲大门,拉长着声音向屋里叫唤:请施舍一片面包——!……

阿格莉哀① *Aglae*

小银,你今天多好看呀!过来……玛卡莉亚早上在你身上花了许多功夫哩!你身上每一根白毛和黑毛都亮得像洗过雨水的白昼和黑夜。小银,你好漂亮!

小银为自己的外貌觉得有点不好意思,慢慢向我走近,洗过澡的身体还是湿的,干净得像女孩的裸体。他的脸明朗得像黎明,他的大眼睛闪亮,似乎从最年轻的女神那里得到了热情和光辉的赏赐。

我这样说了,父爱的冲动使我禁不住双手环抱他的头,他也紧紧地挨挤我,我搔他的痒……他半垂着眼皮,用耳朵轻轻遮挡,没有逃避,只是跑几步又停下来等,像逗人玩的狗。

"宝贝,你好漂亮!"我又说了一次。

像个穿上新衣服的穷孩子,小银羞怯地边逃避边望我,跟我讲话,用耳朵表达快乐,有时又停下来,在厩房门外假装吃红风铃花。

---

① 罗马神话中三位美神之一。

阿格莉哀，美与善的施与者，正在梨树下笑着观望我们，在透明的晨光里几乎是隐形的，而梨树在展示它的三层王冠，叶子、梨子和麻雀。

王冠松 El pino de la corona

小银,我想去的地方,好像永远是王冠松那里。我的目标——城镇、爱情、荣誉——好像就是它在蓝天白云下枝叶婆娑的大团青翠。对于在梦里处身于汹涌大海的我,正如对于沙洲上遇上暴风雨的莫格尔水手,它是一座闪光的圆灯塔;我生活潦倒时的这个避难所,位于陡峭的红泥山坡最高处,到山鲁卡去的求乞者必定经过这里。

在记忆中,在它的树荫下憩息永远会给我力量!长大之后,只有它没有在我眼里变小,也只有它在我眼里变大。那次人们锯去它被大风吹折的枝条,简直就像锯我的手脚;有时身上什么地方忽然发疼,也使我觉得王冠松在发疼。

"宏大"这个语词非常适合它,正如适合海洋、适合天空和适合我的心。千百年以来,有许多种族曾经在它的浓荫下仰望着浮云憩息,一如在海上,在天空下,在我充满忧思的心里。有时因为精神恍惚,到处出现幻象,或者在物体的实像旁边出现一个个叠影,王冠松就会在我眼前幻化为难以形容的、永恒的图形,发出更响的沙沙声,更高更巨大,隐隐约约地召唤我在它的宁静中憩息,作为人生旅程上真正的、永远的终点。

达尔邦 *Darbón*

小银的医生达尔邦是个大块头,像一头花牛,又红得像西瓜。他体重超过十袋十公斤的米。据他自己说,年纪是二十岁的三倍。

他讲话像个破钢琴那样漏音;有时只有呼哨而没有语句。这时候也会出现点头、各种手势、老人的吞吞吐吐、清喉咙和用手帕擦嘴,这些都是最好的表达方法,可以当作晚饭前愉快的音乐会。

他已经没有大牙,也没有门牙,除了面包屑,几乎什么都不吃,吃之前先在手心里把它搓软,然后,捏成小团,然后,进了红色的嘴巴!他把它含在口里,花上一小时用舌头推来推去。之后,吃另一团,再吃一团。他用牙肉咀嚼的时候,下巴就会升到贴近鹰鼻。

我说他粗壮得像花牛。一个人就能塞满顶层屋子的门口,可是对小银却温柔得像小孩。看见一朵花、一只鸟,他又会忽然发笑,张开嘴巴发出连串洪亮笑声,笑声的长短强

弱都不能控制,而最后必定淌下眼泪。平静下来之后,他会长久地向坟场那边凝望:

"我的小女儿,可怜的小女儿……"

男孩和水泉 El niño y el agua

在太阳晒得寸草不生的干燥大木场里，最轻的脚步也会扬起大半个人高的白灰尘，男孩在这里跟身边的水泉形成非常愉快的组合。虽然一棵树都没有，走到这里的时候，你的眼睛却仿佛看见普鲁士蓝的天空上出现粗笔写的几个字："绿洲"，这几个字装满你的心。

早晨已经热得像下午，圣弗兰西斯科教堂院子的橄榄树丛传来尖锐的蝉鸣。阳光射在男孩头上，他并不在意，专心看水。他趴在地上，一只手承接着跃动的水柱，水在他手里形成清凉典雅、颤动的王宫，吸引住他充满喜悦的黑眼睛。他跟自己讲话，抽鼻子，用另一只手伸进破衣服里搔痒。似乎永远不变的王宫其实分分秒秒在重新形成、晃动。孩子忘记了自己，关上自己，沉进自己，因为他甚至不想让心跳使万花筒一样敏感的形象发生丝毫变化而破坏他最初在水里所见的美妙形态。

小银，我不知道你懂不懂我的话：那孩子手里是我的灵魂。

友情 *Amistad*

我们彼此了解。我让他随意走,他总会带我到我想去的地方。

小银知道,在王冠松那里,我喜欢挨上并且摩挲它的树干,看树顶开阔的枝柯上的天;他知道我喜欢穿过草地通向年代久远的山泉那条小路;也知道我喜欢从长着松树的小山头看河,看小树林展现的古典景色。我在他背上可以安心打盹,醒来的时候就会发现自己在这些友善的地方。

我眼里的小银是个孩子。在崎岖的路上我会自己步行,让他轻松一点。我亲他,恣意戏弄他。他知道我爱他,不会生气。他跟我多么相似,跟别的驴子多么不一样,我相信他做的梦也跟我一样。

小银把自己交给我,像个感情丰富的成年人。他没有任何抱怨。我知道,我就是他的快乐。他甚至躲开别的驴和别的人……

摇篮曲 *La amulladora*

烧炭工人的小女儿坐在小屋门外的瓦片上哄婴儿弟弟入睡,她像钱币一样娇小肮脏,眼珠子漆黑,丰满的唇看起来好像是泥里面流出的血。

悸动的五月,跟内心的阳光一样温暖明亮。在清澈的宁静里听得见野地上开水烧沸和牧场里马的求偶叫声,还有海风穿过桉树枝叶时的欢呼。

烧炭工人的小女儿唱着歌,充满感情地,温柔地:

  乖宝宝,睡吧,

  圣女保佑你……

停顿。风在树顶……

  让摇篮儿悠——

  让宝宝睡……

风……小银悄悄地穿过一些松树,一步一步挨上前……在黑泥地上躺下,在小母亲反反复复的四句歌声里睡着了,像个婴儿。

院子里的树
El árbol del corral

小银,这树,我亲手种的这棵树,这不断长大的绿色火焰,今天依旧用映着夕阳的浓密枝叶遮蔽我们;我在这废弃的房子里生活的时候,它是我最初写诗的灵感。它那些在四月里青翠、到了十月变成金黄的枝条,看一眼就能使我清凉,仿佛是诗神最纯洁的手,多么优雅、高贵、完美!

小银,如今它似乎是整个院子的主人了。它变得多么粗俗!我不知道它记不记得我。我觉得它不是从前那棵树,变成了另外一棵。我有一段日子已经忘掉它,仿佛它从来没有存在过,而春天却年复一年把它随意改变,变成不是我心里所想的样子。

虽然是树,而且是我亲手种的树,它却不跟我讲话。小银,无论什么树,第一次接触的时候总会让我们的心充满感动。从前那么深爱过、那么熟悉的树,小银,再见的时候竟无话可说。这是可悲的事实,多说无益。我看不见这棵跟落日成为一体的刺槐上有我的四弦琴。它优美的枝条没有带给我诗句,树顶的光也不能启发思考。以前为了逃避现实,曾经无数次到这里来找寻和谐、清新、温馨、孤独的梦,如今这地方却使我不安,而且觉得寒冷,小银,我要离开,就像以前想离开夜总会、咖啡店或者戏院。

患结核病的女孩 *La tísica*

她笔直地坐在一张残旧的椅子里,在扫过白灰水的阴冷房间中央,苍白的脸像一朵凋萎的晚香玉。医生说,她应该多去郊外走动,享受寒冷的五月的阳光;然而可怜的孩子办不到。

"还未到桥头,"她告诉我,"仅仅走到桥的附近,先生,就不能呼吸了。"

她断断续续的、虚弱的小孩嗓子,说着说着就哑了,好比夏天的微风,随时都会消失。

我让小银背着她走一会儿。在他背上,她笑得多么开心呀,瘦削的、没有生气的小脸蛋,只有黑眼睛和白牙齿。

……妇女们在门外看我们走过。小银走得很慢,似乎知道背上是一朵脆弱的水晶百合。女孩穿着干净的蒙特马约圣女袍,系着红腰带,发烧和希望改变了她的容貌,看起来像一个天使,穿过市镇前往南方的天空。

罗西奥① *El rocío*

"小银,"我对他说,"我们等牛车来吧。它们会从老远带来唐雅纳森林的细语、晚钟松林的神秘、马德雷一带和双杨树那边的清新,还有洛西那的气味……"

我带他走伏恩特斯街,又英俊又潇洒,让那儿的女孩们高兴,垂死的夕阳在扫上白灰水的矮檐上流连,像一根玫瑰红丝带。后来,我们停在窑区的围墙旁边,在那里可以看见大平原的公路。

牛车正在上坡。水珠落进绿色的葡萄园,似乎是飘过的浮云洒下的雨点。可是人们没有理会,连眼皮都不抬。

最先经过的是快乐的新婚夫妇,骑着驴、骡和传统摩尔式打扮、鬃毛结成辫子的马:新郎兴高采烈,新娘子庄重大方。穿得漂漂亮亮的群众不断地转来转去,无意识地互相追逐。后面是醉汉的车子,吵吵闹闹、推推挤挤。跟着是牛车,像寝床一样挂起白帐子,下面坐着戴花的黑头发姑娘,

---

① 莫格尔南面的市镇,传统上每年圣灵降临节一连三天举行庆祝游行。

一路上敲着手鼓高声唱塞维利亚民歌。更多的马，更多的驴……瘦削的秃头红衣领队背后挂着阔边帽，金指挥棒在马镫上——"圣处女万福！万福！……"最后一辆车由两头大牛拉着慢慢移动，牛的气派像主教，头上有色彩鲜艳的额布和反射潮湿阳光的小镜子，车子上坐着"圣人"，全身装饰着紫水晶和白银，他的头随着牛车不规则的颠簸摆动，白色的车子铺满花朵，像开残了的花园。

在钟声、烟火和马蹄敲击石地的声响里，远方开始传来音乐。

小银这时就屈曲前脚表演他的把戏，像妇女似的跪下，温驯、谦恭、娇慵。

龙萨① *Ronsard*

解了缰绳的小银在长满洁白雏菊的草地上吃草。我在松树荫里坐下,从摩尔式鞍囊拿出一本小书,打开有记号的书页,高声朗诵:

> 看到五月枝头的玫瑰
> 青春的美,她的第一朵花,
> 使上天也嫉妒……

头上,一只小鸟在最高的树枝上跳、叫,阳光把鸟儿和叹着气的青翠树顶染成金黄。扑翅和啁啾声夹杂着小鸟剥啄种子的声音。

> ……嫉妒她的鲜艳色彩……

一大团暖烘烘的东西靠上我的肩膀,像一只活的船……是小银,受到奥费斯②的四弦琴吸引,肯定,来跟我一起读书了。我们念:

> ……鲜艳色彩,
> 当黎明的泪珠冲破晓色……

小鸟的消化能力好强,一个不谐和音盖过我们的诵读。地府里的龙萨如果暂时忘掉他的十四行诗《当我在梦里拥抱……》,一定也会发笑。

---

① Pierre de Ronsard(1524—1585),法国诗人。
② 希腊神话中能以琴音感动鸟兽树木的音乐家。

影画老伯 *El tío de las vitas*

突然，街道的寂静被一阵单调沙哑的鼓声打破了。跟着是破锣似的一串痉挛颤抖的叫唤。街头响起跑步的声音……孩子们嚷着：影画老伯！影画！影画！

转角的地方支起一个绿色的小箱子，插着四面小红旗，一张小折椅在等着，透视镜向天。老人不断敲鼓。一群不名一文的小孩默默地围住小箱子，手放在口袋里或者背后。不久，一个小孩飞奔过来，手里捏着铜币。他走上前，把眼睛凑上透视镜……

"来看呀……普林将军[①]……骑着白马！……"影画老伯没精打采地喊，打鼓。

"巴塞罗那……港口……"又一阵鼓声。

另外一些孩子一来就把钱交给老头，满脸热切地望着他，巴不得梦想马上买到手。老人又喊：

"来看呀……哈瓦那堡垒！……"继续打鼓……

[①] Juan Primy Prats（1814—1870），西班牙军人。

小银跟对面人家的小女孩和狗也来凑热闹,好玩地在孩子们之间伸出他的头。老人的兴致忽然来了,跟他说:
"钱呢?"
两手空空的孩子们讪讪地笑着,以谦卑、讨好的表情望着影画老伯……

路边的花 *La flor del camino*

小银,路旁这朵花多么清纯,多么美丽!身边虽然总有什么来来往往,——牛啦,羊啦,马啦,人啦——它那么柔弱,却始终在土沟里孤单地直立着,典雅的浅紫,不沾半点尘埃。

每天,我们走捷径上山的时候,都会看见它挺立在绿色的枝茎上。我们一走近,就会有小鸟从它旁边飞起——为什么?——或者看见它像小杯子一样装着夏天清澈的雨水;或者看见它忍受着蜜蜂抢掠,或者让蝴蝶随意装饰。

小银,这朵花即使有永恒的记忆,寿命却只有短短几天。它的一生仿佛只是整个春天里的一天,或者像我一生中的一个春天……小银,只要这圣洁的小花能每天每天地、永远地为我们的生命树立单纯的榜样,我有什么不愿意拿出来跟秋天交换呢?

"爵爷" *Lord*

小银,我不知道你看不看得懂照片。我让一些乡下人看过,他们都看不出什么。喏,这就是"爵爷",我跟你提过几次的小狐狸狗。看吧。看见吗?就在大理石天井里的垫子上,在盆栽菊花之间享受冬天的阳光。

可怜的"爵爷"!他是从塞维利亚来的,当时我在那里画画。白色的毛在这种光线下面几乎没有颜色,丰满得像女人的大腿,又像水管口的水一样浑圆有劲。他身上这里那里有些黑蝴蝶似的斑点。明亮的眼睛,两个高贵情感的小洞。有点神经质。有时没来由地在开满整个大理石天井的百合花之间乱转,阳光透过彩色玻璃给白花染上红、蓝、黄色,像卡米洛先生画的鸽子……有时他又会走上屋顶,惹得巢里的燕子吱吱喳喳乱叫……玛卡莉亚每天早上用肥皂替他洗澡,所以,小银,他永远像蓝天下的平屋顶雉堞一样漂亮。

父亲去世的时候,"爵爷"在灵柩旁守了一夜。那次母亲害病,他也在床脚待了一个月,不吃不喝……有一天,人们到我们家来,说他被疯狗咬过……我们只好送他去"大堡垒"酒坊,拴在橘子树下,远离人群。

他走出巷子的时候,不断转头回望的眼光,到现在仍然使我心痛,小银啊,像死去的星,它的光会因为极度伤痛,超越自己的消亡而永远亮着……当实质的疼痛刺进我的心,眼前就会浮现"爵爷"留在我心里的、像苦行的伤疤一样不能磨灭的、回望的眼光,长得像隔绝阴阳的路,比方说,从小河到王冠松的路。

井 *El pozo*

啊，井！……小银，这个字多么深，多么绿，多么清凉，多么洪亮！它仿佛是自己旋转着穿过黑暗的泥土一直钻进冰冷的水里去的。

你看：井旁的无花果树装饰了井却毁了井口。在井里，伸手碰得到的地方，长着青苔的砖块，缝隙之间伸出一枝香得浓烈的兰花。低一点是个燕子巢。再低一点，越过阴黑的边界，是一座青翠的王宫和一个湖，如果扔一颗石子破坏宁静，它会发出生气的声音。最后是天空。

（黑夜降临，月亮在井底发光，旁边包围着闪烁不定的星星。静默！那是生命到远方去的路。灵魂穿过井逃进地底。从这里仿佛看到黄昏的另一边。黑夜的巨人和世上一切秘密的主人似乎都可以从井口走出来。啊，幽静神妙的迷宫，阴凉芬芳的花园，迷人的空厅堂！）

"小银，如果我有一天跳进井里，请你相信，那是为了去摘星星，不是为了寻死。"

小银急着要喝水，叫了一声。井里传出受惊的燕子小小的骚动。

桃子 *Albérchigos*

被阳光、石灰和蓝天衬托成紫色的萨尔巷，短短窄窄地弯向南方，尽头处是一座塔楼，因为长年累月被海风吹袭，显得灰黑残旧；少年带着驴子慢慢在巷子里走。少年是个侏儒似的小男人，比身上挂着的阔边帽子还要细小，从他古怪的山地心灵唱着一首又一首双句小曲：

　　……以无比的耐心，

　　我向她恳求……

让背上的桃子压累了的小驴，可以随意走动，咬嚼小巷里疏落肮脏的小草。有时，少年好像突然回到现实的街道，停下来，分开有泥渍的双腿站稳，仿佛要摄取地底的能量，并且打着手势帮助提高声音叫卖，一个尾音"噫"让他恢复自己的年龄身份：

　　"蜜……桃……噫！……"

就像迪阿斯神父嘴巴上挂着的话——谁稀罕干买卖……随即又专心去唱他的吉普卜民谣：

我不怨你,

永远不怨……

又不自觉地用棍子敲打石头……

空气里有热面包和烧松木的气味。下午的和风轻轻吹过小巷。大钟忽然敲了三响,伴着装饰的小钟声。随后是一阵轻快的铃声预告庆节活动,这些声浪盖过驿车的号角声和铃声,它正在驶向静静地沉睡的小镇。风吹过屋顶,带来虚幻的海,芳香充满动静,透明得灿烂,一个没有人的海,厌倦了在明亮的孤独中单调涌动。

少年停下来,回过神,又喊:

"蜜——桃——噫!……"

小银不肯走了。他向少年望了又望,嗅着拱着他的毛驴。两头灰驴有什么默契似的同时摆动他们的头,有一刹那让人想到白熊……

"好啊,小银,我去跟男孩要他的驴,让你跟他卖桃子去……行了吧!"

反踢 *La coz*

我们在农庄集合,准备出发去蒙特里约给小牛打烙印的地方。接近正午的蓝天广阔酷热,石地的大院在树荫下,鼓荡着活泼强壮马匹洪亮的嘶叫,还有妇女们清脆的笑声和不安的尖锐狗吠。角落里的小银显得焦躁。

"宝宝,"我对他说,"你不能跟我们去;你太小了。"

他撒起野来,我只好让唐多骑着他一起上路。

……清新的郊野,策马奔驰多么痛快!镶金的泥沼在笑,阳光让它们的碎镜片反映出几倍那么多静止的风车。马队结实的蹄声夹杂着小银加急的短促脚步,像里奥丁托火车滚动的轮子那样,因为怕唐多落后而不能不继续加密。突然,一声枪响。小银的嘴巴擦上一匹灰白小驹的后臀,立即被反踢一脚。谁都没有在意,可是我看见小银一条前腿流出了血。我下马用鬃毛和蒺藜给他包扎好伤口,让唐多带他回家。

他们垂头丧气地沿着通向小镇的干河床慢慢往回走,不断转过头来看我们的马队快步前进。

回到农庄的时候,我去看小银,他显得郁郁不乐。

"有些地方,"我低声说,"是不可以跟大人去的,明白吗?"

驴学

我在词典里读到:"驴学:名词,阴性,用于驴子的讽刺性描写。"

可怜的驴!这么善良,这么高贵,这么聪明!讽刺性……为什么?你正确的用语应该像春天的故事一样,难道不值得用严肃的描写?好心肠的人应该叫作驴!坏心肠的驴应该叫作人!你有智慧,是万物的朋友:老人和儿童、小溪、蝴蝶、太阳、狗、花和月亮。你耐心,会思考,忧郁,仁慈,你是草原的马可·奥勒留①。

小银注视着我,他一定懂我的意思,他明亮的大眼睛又坚定又温柔,反映出一个小太阳在一个深绿色的小天空闪闪发光。唉,但愿他田园诗似的毛茸茸大脑袋知道我为他讲公道话,知道我比那些编词典的人强,知道我几乎比得上他那么好!

我在书页的空白地方写上:"驴学,名词,阴性,应该用于——当然——编词典的白痴。"

---

① Marcus Aurelius(121—180),罗马帝国统治者,所著《沉思录》被视为斯多葛学派的经典作品。

基督圣体节 Corpus

我们从果园经伏恩特斯街回镇,在路上已经听到了河区那边敲过三次钟,这时那青铜的铿锵又笼上白色的小镇,夹杂着白天冒黑烟的炮仗火光和响声,还有尖锐的铜管音乐,在上空回荡,回荡。

新粉刷过的、镶赭色边的街道,到处点染着山杨树和高莎草的绿意。所有的窗子都悬起帐子:石榴红织锦的、鲜黄细棉布的、浅蓝缎子的,有丧事的人家只悬黑边的纯白绒布。最后一排房屋转角处,终于出现了镶镜片的十字架,在夕阳里反映出到处滴下红蜡的烛光。游行队伍走得很慢。红旗,面包师的保护神圣洛克,带着柔软的面包;绿旗,水手的保护神圣特尔摩,捧着银制小船;黄旗,农夫的保护神圣伊西德罗,手执牛桅;更多的旗,更多的彩色,更多的圣像;随后是给幼年圣处女上课的圣阿娜,深灰的圣荷塞,蓝色的圣女……最后是自卫军护送的圣体龛,它的镂空白银有红花饰和绿葡萄,在香薰的云雾里缓缓前进。

接近黄昏，安达卢西亚的拉丁文诗篇嘹亮地升起。转入里奥街，落日已经变成玫瑰红色，光线斜斜照射主教袍和法衣上陈旧的黄金。六月的宁静时刻柔滑如蛋白石，鸽子在天上围绕着红塔楼编织白得耀眼的花环。

小银在这静寂的空间叫起来，浑然融进钟声、爆竹声、拉丁经文和莫德斯托的音乐，一下子回到白昼清澈的玄秘；叫声悠悠地由高而低，变得神圣……

散步

幽深的小径，夏天挂满温柔的忍冬花，在那里散步的时候，心情不知道有多甜蜜！我看书，唱歌，或者向天默诵诗句。小银随意嚼食路阴处稀疏的小草、沾满尘埃的锦葵和酸味草的黄花。他站的时间比走路的时间多。我不管束他……

蓝色、蓝色、蓝色的天，被我的眼睛忘情地注视着，在开满花的杏树上面一直向上升到荣光的顶点。整片明亮静寂的郊野在发光。河上有一张静止的、小小的白色的帆，没有风。一个火堆冒着浓烟，大团大团的黑云飘上山。

可是我们的散步很短暂。像错综复杂的生活中一个没有防范的美好日子。不是天空的顶点，不是河水流向的极海，甚至不是火的悲剧！

橘子花的香气里有水井滑轮欢快清新的响声，小银一听见就跳着叫起来。多么单纯平凡的快乐！我在水槽边把冰凉的水装在杯子里喝。小银的嘴巴伸进暗黑的水里，挑拣干净的地方贪婪地啜起来。

斗鸡 *Los gallos*

我不知道，小银，拿什么来比喻这种说不出的不舒服……刺眼的猩红和金黄，却没有我们的国旗在大海和蓝天衬托下表现的魅力……不错。或者可以比作斗牛场的蓝天下的西班牙旗……异教徒的……像威尔瓦至塞维利亚的车站。丑陋的红和黄，即是加尔多斯①小说插图、烟草店宣传品，关于另一场非洲战争②的通俗画所用的颜色……那是我每次看到印着牛烙印的金色纸牌、香烟盒子和葡萄干盒子的石印画、酒瓶贴纸、港湾中学③奖状、巧克力糖的小图画等等就会涌起的不舒服感觉。

我怎么会在这种地方，谁带我来？冬天正午的暖意像莫德斯多乐队的铜号……我闻到新酒、香肠和烟草气味……镇议员在那里，跟镇长和那浑身熠熠生辉的威尔瓦大块头斗牛

---

① Benito Pérez Galdós（1843—1920），西班牙小说家。
② 指1859年的摩洛哥战争。
③ 诗人少年时入读的耶稣会"圣马利亚港湾中学"。

士利特里在一起……绿色的斗鸡场很小，周围的木栅栏挤满充血的面孔，挤得像板车上的牛尸或者屠场里的死猪，他们的眼睛散出热气、酒气和鄙俗心灵享受血腥刺激的快感。吆喝也来自他们的眼睛……热——一个小小的公鸡世界——密不透风。

烟雾似的蓝色云团不断在阳光里慢慢移动，像玻璃掩过大太阳，两只可怜的英格兰公鸡，两朵凶恶的大红花，互相攻击对手的眼睛，以人的憎恨狠抓，节奏均匀地跳跃，用涂过石灰水或者毒药的爪子狠刺对方。他们不吭声，什么都看不见，甚至不知道有自己。……

而我呢？我怎会在这里，又觉得这样恶心？我不知道……有时我望向一片在风里抖动的破帆布，心里充满怅惘，仿佛见到里贝拉河上一只小船的风帆，外面一棵健康的橘子树开满白色的花，在明亮的阳光里散发香气……多好啊——熏香我的灵魂——做开花的橘子树，做清风，做太阳！

……可是，我没有离开……

黄昏 *Anochecer*

　　暮色在村里聚拢，平和而谦卑，在混乱的记忆里，几乎已经淡忘的古老预言，诗意是多么浓！有传染作用的醉人力量把整个村子凝固起来，就像钉上悠长哀思的十字架。

　　一包一包的谷物，在星光下堆成轮廓模糊的小山，散发出健康干净的气味——所罗门啊！——柔和，微带黄色。干完活的人低声哼小曲，充满睡意和倦意。寡妇们坐在门廊上思念长眠后院的亡夫，那么近。孩子们在暗影与暗影之间奔跑，像小鸟从一棵树飞向另一棵树。

　　简陋的房子，扫白灰水的外墙开始被煤油街灯洒上红色，偶然有沾满泥污的模糊身影移动——静默，愁苦——一个新来的叫花子——一个葡萄牙人，走向新犁过的田地，也许是小偷——他们吓人的阴暗面貌，反衬出熟悉的物体在迟缓、神秘的朦胧暮色里呈现的柔和。孩子们进了屋，在门内秘密的黑暗里，人们在谈论"有人抽取儿童脂肪去医治国王的痨病女儿"。

印章

小银,它的形状像表,打开银色的小盒子,就看见它挨着紫色的印台,像巢里的鸟。多么好玩!拿它向干净柔软的手掌一按,印章的文字马上出现:

弗兰西斯科·路易斯

莫格尔镇

在卡罗斯先生的学校里,一个同学的印章让我羡慕得要命!我曾经用阁楼旧书桌上那部小印机给自己造过一枚,效果不好,而且不容易印出字,不像人家那样,可以随意印在书页上、墙上,这里,或那里。

弗兰西斯科·路易斯

莫格尔镇

有一天,塞维利亚的银匠和一个文具推销员到我们家来。那么多可爱的画线板、圆规、颜色墨水和印章,有各种形状和尺码!我打破扑满,用一枚银圆订购了一颗印章,刻上我的姓名和市镇名称。那个星期真长啊!每次邮车经过,我的心跳得多么快！邮递员的脚步声在雨中消失的时候又多么凄凉！终于，一个晚上，送来了。全套的复杂玩意，有铅笔、墨水笔、封蜡用的字母……还有，按一按弹簧，印章马上出现，簇新的，闪亮的。

家里还有什么可以让我印呢？还有什么不属于我呢？如果有人来借，"小心呀！会磨蚀哩"，好不担心！第二天，兴奋得赶着上学，书本、衣服、鞋子、手，全部印着：
　　胡安·拉蒙·希梅内斯
　　莫格尔镇

母狗 La perra parida

我要说的母狗,小银,是神射手罗巴托养的那一头。你认得她的,因为我们在里雅诺斯路见过她许多次……记得吗?那毛色有黄有白的,像五月多云的日落。她养了四只小狗,牛奶女工莎露德把他们带到马德列斯的木屋家里,因为她的小儿子快要死了,而鲁伊斯先生教她用狗乳煮汤给他。你知道从罗巴托的屋子到塔布拉斯小路旁的马德列斯桥有多么远……

小银,他们说那母狗像发了疯一样跑来跑去,在街上找,爬围墙,嗅过路人的身体……晚祷的时候,他们看见她还在俄尔诺斯看守站附近,站在一些装煤的麻袋上面,向落日哀号。

你知道从恩美迪奥巷到塔布拉斯小路有多么远……小银,那母狗整晚就这样来往奔波,四次,每次口里衔一只小狗。到了早上,罗巴托开门的时候看见那母狗在门槛上,心满意足地望她的主人,半睡半醒的小狗颤动着全部趴在她胀满的玫瑰红色乳房上吃奶。

她和我们 *Ella y nosotros*

也许她就这样走了,小银——去哪儿?——乘搭我们上面晒着太阳的黑色火车,冲过白色的云团向北急驰。

我在下方,跟你一起在麦田里,涌动的黄色麦浪有点点滴滴罂粟花的血,七月已经给它们戴上灰色的小头冠。稀薄的蓝色云团——记得吗?——无奈地滚向天涯,让太阳和花都悲伤了一阵……

惊鸿一瞥的金发,披着黑纱……飞驰的火车窗框里一幅虚幻的肖像。

也许她在想:"穿孝服的男人和银色的驴子是谁呢?"

我们是谁!我们……真的,小银?

麻雀 Gorriones

圣地阿哥的早晨被灰色和白色的云遮盖着,好像藏在棉花里。人们都上了教堂。我和小银留下来,跟麻雀一起,在花园里。

这些麻雀!在不时洒落小雨点的云团下面,他们在攀缘植物之间进进出出,唧唧喳喳地叫,用尖嘴巴啄食,多好!有一只落在树枝上,飞走,让枝条在那里晃动;另一只在井边的小水潭喝了一小片天空;又一只跳上侧屋的瓦檐,那里摆满半残的花,在昏暗的天色里反而显出生气。

幸福的鸟,没有固定的节日!享受自然和真实的单纯自由,钟声只给他们带来朦胧的愉快,没有别的信息。

满足,没有讨厌的责任,没有让受束缚的苦人渴望或者畏惧的天堂和地狱,除了自己的道德就没有更高的道德,除了青天就没有更高的神,他们是我的兄弟,我亲密的兄弟。

他们旅行不带钱不带行李;他们猜得出溪水在哪里,预感到叶子什么时候落下,知道只要张开翅膀就会快乐;他们分不出星期一和星期六,他们随时随地洗澡;他们的爱没有名称,也就是宇宙的爱。

当人们——可怜的人!——在星期天关好门去望弥撒,他们马上就降临关闭了的花园,以清脆轻快的叫声,为没有仪式的爱做快乐的示范,那里有他们熟悉的一个诗人和一头温驯的驴子——你跟我一起?——用兄弟的眼光看他们。

弗拉斯科·维列斯
Frasco Vélez

今天我们不能上街,小银。刚才我在告示广场读到镇长的指令:

"所有在莫格尔镇各街道走动之狗只,如未佩戴适当口罩,本镇武装执法人员应即时射杀。"

就是说,小银,镇上有疯狗。从昨晚开始,蒙土里奥、"大堡垒"和特拉斯穆罗各处都不断传出"夜间飞行警卫队"一轮又一轮枪声,弗拉斯科·维列斯另一套把戏。

傻姑娘罗莉雅到处在人家门口和窗口大声呼叫,说没有什么疯狗,现任镇长不过在模仿前任镇长瓦斯科教唐多装鬼唬人,想用枪声阻止人们打扰他的龙舌兰酒和无花果酒交易。不过,万一真有疯狗咬你呢?小银,我想都不要想。

夏天 *El verano*

小银被牛虻咬过的伤口流出紫色的浓血。蝉在锯一棵永远不会倒下的松树……我打过盹,从短促可是深沉的小睡醒过来的时候,沙黄色的风景已经在酷热里变成幽灵似的惨白冰凉。

低处的芦苇点缀着朦胧的大白花,烟似的、轻纱似的、丝质纸似的玫瑰,有四滴胭脂色的泪;让人觉得窒息的一团浓雾封住了矮松树。一只黄毛黑斑,从未见过的鸟,默默固定在树枝上。

果园看守员们敲锣赶走成群结队飞来偷吃橘子的鸟……我们走到大橡树的树荫下,我打破两个西瓜,它们发出悠长清脆的破裂声,露出带霜似的红色果肉。我慢慢吃自己的一份,倾听远处村庄传来的晚祷钟声。小银喝他那一份的甜果汁,像喝水一样。

山火
Fuego en los montes

大钟敲响了!……三记……四记……火啊!

我们离开饭桌,木楼梯黑暗狭窄的空间压向我们的心;我们推着挤着默默走上屋顶。

"路塞拿村子那边的郊区!"楼梯上面的阿妮莉亚高声喊,她比我们先到……当!当!当!当!到了屋顶,——松一大口气!洪亮的钟声冲击我们的耳鼓,压迫我们的心。

"好大,好大……好大火……"

真的,在松树排成的黑色地平线上,远处锯齿形的火焰似乎是静止的。像黑和朱红的珐琅,像彼埃罗·迪·柯西摩[①]的《追逐》里面用纯粹的黑、红和白三种颜料绘画的火。它有时闪出跃动的光,有时红色变成接近玫瑰色,月亮初升时的颜色……八月的夜空又高又静,火似乎永远是它的一部分,永恒的元素……一颗流星划过天空正中,落进蒙哈斯上方的蓝色……我独自一个人……

[①] Piero di Cosimo(1462—1521),佛罗伦萨画家。

下面院子里小银的叫声带我回到现实……别人都走了……我感觉到温和的深夜有一股热病的寒意，似乎刚刚有人在我身边走过，是我小时候想象中纵火烧山的人，纨绔子弟一类的人——莫格尔镇的王尔德——有点老了，黑皮肤，灰色鬈发，发胖的身体穿着黑色上衣和白色棕色的方格子长裤，鼓胀的口袋里是直布罗陀长火柴……

河沟 *El arroyo*

我们现在前往牧马草场的这条路,本来是一条河溪,如今已经干涸,我那些发黄的旧书里记载的地点,有时好像在草场坍了的井旁边,周围有阳光照得透的罂粟花和弯垂的野蔷薇;有时在我的想象里掺入了隐喻味道而转移到遥远的地方,子虚乌有的,或者凭空想象的地方……

小银,就在这里,发现秘密的惊喜曾经使我童稚的幻想笑得像向日葵那么灿烂,因为我知道这条平原上的小河原来就是穿越会唱歌的榆树旁边那条圣安多尼奥路的小河;夏天可以在它干涸的河床上走到这里,而冬天可以在榆树丛那里放一只软木小船,让它流到安古提亚斯桥下面的石榴树丛,那桥底是我躲避牛群的地方……

小银,我不知道你是不是也有过童年的幻想,它的魔力真大!一切都会愉快地变化,出现了又消失,眼睛望着一切都不知道看见什么,仿佛只是短暂的幻象……半瞎的人走路,用心眼,也用肉眼看,有时在灵魂的阴影里打翻装着生命形象的箩筐,或者像什么花绽开花瓣一样,向太阳披露一生只能感触一次的、灵性的诗心,并且把它安放在真实的河岸上。

星期日

热闹的巡回报讯铃声近了,又远了,在这节日的早晨回荡,蓝色的天空像水晶。有点憔悴的田野,似乎用花瓣一般飘落的愉快铃声给自己镀金。

所有的人,连警卫员都到镇里看游行去了。留下来的只有小银和我。多么安静!多么和平!多么舒服!我让小银在草地上自由走动,自己在一棵没有被鸟儿舍弃的松树下面躺着读欧玛尔·海亚姆①……

在两次铃声的静寂中,九月早晨的内在悸动有了实质和声音。黄黑相间的胡蜂在累垂的麝香葡萄周围振翅,跟花朵浑然一体的蝴蝶,飞的时候似乎不断更换颜色,不断蜕变。孤独,像一大串光的思想。

小银不时停止咀嚼,望我,我也不时停止阅读,望小银……

---

① Omar Khayyam(1048—1131),十二世纪的波斯诗人。

蟋蟀的歌 *El canto del grillo*

小银和我在晚上散步的时候听惯了蟋蟀的歌。

蟋蟀在入暮时分唱的第一首歌是迟迟疑疑的，低沉、沙哑。然后，摸索着，声音改变了，提高了，逐渐找到合适的调子，似乎寻求空间和时间的和弦。等到绿得透明的天空出现星星，歌声忽然引出银铃一样温柔的旋律。

清风吹拂，来来去去；晚间开的花全都开了；蓝色的浓密草地，有一种纯洁神圣的本质向平原散开，是无界的，也是尘世的。蟋蟀的歌激越起来，弥漫四野，仿佛是影子发出的声音。它不再犹豫，不中断。每个音都从自身孪生出另一个音，成为黑水晶的兄弟。

时间静静流逝。世界没有战争，干活的人睡得安稳，在深沉的梦里看天。被花园墙上的攀藤缠住的爱情，也许知道销魂的味道，眼与眼相望。豌豆田向市镇送出温柔芬芳的信息，传达坦率无邪的青春热情。涌动的麦田在月亮下面变成青色，向两点钟、三点钟、四点钟的风叹息……蟋蟀连绵不断的歌声已经消失……

在这里哩！啊，蟋蟀的晨歌，而小银和我被寒气驱赶着，踏上夜露染白了的小径回家！打瞌睡的红月亮下沉。歌声喝醉了月色，喝醉了星光，变得浪漫、神秘、凌乱。大团大团忧郁的云，周边镶着悲哀的紫蓝色，这时就慢慢地，从海里拉起白昼。

斗牛 Los toros

我说,小银,你不知道孩子们打什么主意吧?他们希望我今天下午让他们带你去斗牛场。可是别担心,我已经告诉他们,想都不用想。

都发疯了,小银!整个镇都为了斗牛震动。乐队一清早就在酒馆门前吹吹打打,这时候已经走音走板;车啦,马啦,在上努埃瓦街和下努埃瓦街穿梭来往。小街里有人给孩子们最喜欢的黄色马车"金丝雀"加上装饰,准备参加游行的时候用。院子里的花都被人拿去送给贵妇人。街上的年轻男人脚步虚浮,他们的宽边帽、雪茄和衬衫,都散发着马和酒精的气味,看着叫人心痛。

到了两点钟,小银,到了这个阳光灿烂的孤独时刻,这个白天的空白时刻,斗牛士和贵妇人就会穿戴整齐,而你和我会从侧门离开,沿小路到郊外去,像去年一样。

在人人都上镇的节日,郊野是多么美!也许只在某个新葡萄园,或者果园的葡萄树秧,或者清澈的小溪旁边,会有一个伛偻的小老头……仿佛给小镇戴上丑陋的王冠,粗嗓门的吆喝、掌声和斗牛音乐升上半空,随着我们走向海边的安详脚步逐渐消失……而灵魂呢,小银,灵魂会觉得自己确实主宰着一个人,这人凭借高尚情操而拥有大自然丰满健康的躯体,如果受到尊敬,大自然会让有资格的人在她辉煌、永恒的美之中看出无比的温柔。

暴风雨

恐惧。忍住的呼吸。冷汗。低得可怕的天空绞杀晨曦。（无路可走。）静寂……爱已终止。罪人发抖。悔恨闭上眼睛。更长的静寂……

雷声，郁闷的、回荡的，不停不歇，像打不完的呵欠，像天顶滚下大堆石头，慢慢地掩盖被遗弃的早晨。（无路可走。）一切脆弱的东西——花、鸟——从生活中消失。

恐慌，在半闭的窗后窥望，上帝发光，悲剧性地现身。东面，赶不走黑暗的片片碎云，肮脏、冰冷，泛出悲凉的紫和玫瑰红。六点钟，也许是四点钟的驿车，在暴雨中转过街角，车夫唱着歌给自己壮胆。然后，一辆葡萄园的空车急急驶过……

祷告钟！结实的、没有人理会的祷告钟，在雷声里哭泣。世上最后一次祷告钟声？你想要它马上停止，或者响下去，继续响下去，压过风雨声。你来回踱步，你哭，你不知道自己想怎样……

（无路可走。）心脏硬化。到处都有小孩的呼唤……

小银会怎样呢，那么孤单，在院子那残破的厩房里？

葡萄收成季节 *Vendimia*

小银,今年运葡萄来的只有那么几头驴子。"六大元"的大字告示板没有作用。像你背着我一样,往年从路塞拿、阿尔蒙特和洛斯①背着湿漉漉的深色黄金货物来的驴,一个钟头又一个钟头在压榨机旁边排队等候的骡,都哪儿去了呢?那时候妇女和孩子们都拿着瓶、罐、壶去装流到街上的葡萄汁……

那时候酒坊好热闹,小银,迪埃斯酒坊!工人们唱着歌,在压住屋檐的大胡桃树下,以灵活有力的动作洗刷木桶;赤脚的传送工人带着一罐罐浮着泡沫的、闪亮的葡萄汁或者牛血来来去去;后面,桶匠在工棚下用锤子敲出空洞的回响,周围是干净的木香……"上将"背着我,在友善的酒坊工人中间,走进一个门口,又走出另一个门口——快快乐乐相对的两个门口,互相印证生命和光明……

---

① 莫格尔附近三个小村落。

二十台压榨机日夜开动。多么疯狂，多么兴奋，多么乐观！而今年呢，小银，窗子都封起来了，只开动院子里那一台和另外两三台压榨机，恐怕已经太多了。

现在，小银，你要干一点活，不可以永远闲着。

……那些驮着箩筐的驴子一直在盯住无所事事的小银；为了不让他被人敌视鄙视，我牵他到附近一株葡萄树那里给他装一些葡萄，跟别的驴子一起慢慢走向压榨机，然后偷偷带他离开……

夜曲 *Nocturno*

亮着红色节日灯光的镇，传出愁苦幽怨的圆舞曲，随轻风升上天空。塔楼看起来荒芜、憔悴、沉默而冷漠，笼罩在晃动的、淡白带蓝的紫色幽明里……在黑暗的郊区，酒坊后面，西沉的月亮泛出黄色，懒懒地，独自浮在河上。

郊野，只有树和树影。蟋蟀的歌声断断续续，幽咽水声是梦游人的对话，柔和的湿气，星星隐隐解体……小银在温暖的厩房里悲声叫起来。

山羊醒过来了，她的铃铛响声由频密颤动变成轻柔。最后，归于沉寂……蒙特马约方向传来另一声驴叫……又一声，在瓦叶回罗那边……一头狗吠起来……

明亮的夜，花园里的花像白天一样色彩鲜明。伏恩特斯街最后一所房子旁边，在闪动的红色街灯下，一个孤单的男人转出街角……是我吗？不是。我在月亮、丁香、微风和阴影形成的那个金蓝色、芬芳、游移的迷离境界里，倾听自己寂寞的心跳……

软绵绵的天空，冒着汗，旋转……

沙里多 *Sarito*

酿酒的日子，一个鲜红的下午，我在河沟旁的葡萄园里，一个女人走来说，有年轻的黑人找我。

我去打谷场的时候，看见他正迎面沿小路走来。

"沙里多！"

是沙里多，我的波多黎各女朋友萝莎莉娜的仆人。他离开了塞维利亚，参加各处村镇的斗牛。这次是从尼埃布拉徒步来的，又饿又穷，红色的双面斗篷搭在肩上。

采葡萄工人斜视的眼色，有掩饰不住的轻蔑；妇女们躲避他，是为了讨好男人而不是出于本意。他刚才经过压榨机的时候，跟一个年轻人打过架，被人家一口咬掉一片耳朵。

我向他微笑，友善地谈话。沙里多因为不好意思直接碰我，只管轻轻拍打吃着葡萄走过来的小银，望向我的眼光充满尊严……

最酣畅的午睡
Ultima siesta

在无花果老树的树荫下午睡醒来的时候,午后的阳光已经淡褪成黄色,多么凄凉的美!

干爽的和风带着岩蔷薇融融的香气,拂拭我身上的汗。和气的老树轻轻摆动它的大叶子,有时为了我遮挡阳光,有时让我被阳光照射。我好像在摇篮里悠悠摇晃,从阳光摇进树荫,从树荫摇进阳光。

远远地,从空荡的小镇传出三点钟的祷告钟声,越过空气里透明的浪。小银偷吃了一个爽脆的大西瓜,听到钟声就静静站在那里一动不动,用犹疑的大眼睛注视我,一只黏黏糊糊的绿色苍蝇在他的眼皮上移动。

来,像一只蝴蝶想飞,翅膀却忽然发软……翅膀……我一下子合上无力的眼皮……

烟火 $\mathcal{L}$ os fuegos

九月里为举办守护圣体值夜的那些晚上,我们走上果园屋子后面的小山,在水植晚香玉芳香的平和里感受小镇的节日气氛。看守葡萄园的老头皮奥沙喝醉了酒,坐在打谷场地上,面向着月亮,一个小时又一个小时地吹他的海螺。

烟火燃放得很晚。最初是一些短促沙哑的爆破声;后来出现一把一把没有尾巴的火箭,在空中叹着气炸开,像一只闪着红、紫、蓝火花的眼睛在观看下面的田野;有些下滑的光像向后弯腰的裸体少女,像血红的杨柳洒出闪亮的花朵。啊,灿烂的孔雀,大丛耀眼的天国玫瑰,星光花园里的火雉鸡!

每次响起爆炸声,身上映着红色、紫色和蓝色的小银就会发抖;晃动的光线把山头上他的身影放大了又缩小,我看得见他惊惶的黑色大眼睛向我张望。

压轴是雷神堡主旋转的黄金王冠,在小镇遥远的喧声里冲上布满星星的夜空,妇女们闭上眼睛捂起耳朵,小银着魔似的狂叫起来,冲过一片葡萄树秧的田地,逃进黑暗幽静的松林。

花果园 *El vergel*

来到大城之后,我一直想让小银看看花果园……我们在凉爽的刺槐和结着果的芭蕉树荫里慢慢沿着铁围栏走。小银的脚步在石板路上回响,洒过水的石板有些地方反映蓝色的天空,有些地方沾着白色的落花,隐约散出幽香。

里面有孩子们在嬉戏。悬着小紫旗、有绿色帆篷的小马车,叮叮当当地穿过游乐场涌动的白色;榛子船全身金红装饰,绳索上串上花生,烟囱冒着烟;卖气球的女孩握着大束蓝色、绿色和红色的花枝;累透了的蛋卷小贩在他红色的洋铁罐子下面……天上的大片鲜绿,已经露出憔悴的秋意,把柏树和棕榈衬托得更好看,黄月亮在玫瑰红的云片里开始燃烧……

到了大门,我正要进去,手执黄色棍子、戴银灰色大手表的蓝衣守门人对我说:

"先生,驴子不可以进去。"

"驴子?什么驴子?"我问,向小银后面张望,忘记了他的动物外形。

"还有什么驴子呢,先生,还有什么驴子呢?"

我醒悟过来,既然小银是驴就"不可以进去",我是人,就不要进去,于是我带他沿着铁围栏离开,轻轻拍打他,跟他谈别的话题……

月亮 *La luna*

小银刚刚在谷仓的井旁喝了浸着星星的两桶水,此刻正慢慢回去厩房,钻进高大的向日葵花丛,显得心不在焉。我躺在扫过白灰水的门槛上,在香盏草温暖的香气里,等着他。

屋顶之外,远方酣睡的田野渗透了九月的温柔,散发着扑鼻的松香。一大团黑云像下金蛋的大母鸡,把月亮下在山上。我对月亮说:

"……然而只有天上这个月亮,从来没有人见过她下沉,除了在梦里。"

小银凝望月亮,抖动一只耳朵,抖出柔和低沉的响声。然后又深深注视我,抖动另一只耳朵……

快乐 *Alegría*

小银跟可爱的小白狗狄安娜玩,跟灰毛的老山羊玩,也跟小孩玩。

灵巧美丽的狄安娜喜欢在驴子前面跳,让铜铃叮叮当当地响,假装咬他的鼻子。小银两只耳朵竖得像世纪树那么直,把她轻轻撞倒在开着花的草地上打滚。

山羊喜欢挨在小银身边走,擦他的腿,用牙齿拉扯他背上的香蒲。有时嘴里咬住一朵石竹或者雏菊,在他前面抵他的脑袋,然后又跳又扭,像个卖弄风情的女人……

跟孩子们一起的时候,小银变成了玩具。他多么耐心地忍受他们的恶作剧!他走得多么慢,装聋扮哑,走走停停,只为了不让他们从背上摔下来!有时他也会假装突然失足,让他们吓一跳!

莫格尔的秋天,明亮的下午!一切声音在十月纯净的空气里都特别清晰,田园诗似的欢悦从山谷升起,羊叫,驴叫,孩子们笑,狗吠,钟声……

野鸭

我带小银去喝水。静夜的天空全是薄云和星星,我们在幽静的院子里听到持续的、清晰的声响越过上空。

野鸭。他们在逃避海上的风暴,飞向内陆。有时,仿佛是我们升高了或者是他们降低了,听得见他们的翅膀和嘴巴发出最轻微的声音,就像在田野清楚听见走向远方的人讲话……

小银不时停止喝水,像我、像米勒[①]的妇女一样抬头仰望星空,充满无限淡淡的感伤……

---

① Jean-Francois Millet(1814—1875),法国画家。

瘦女孩 *La niña chica*

那瘦小的女孩是小银情之所钟。只要看见她穿白衣裳戴草帽的身影从丁香树那边走过来,用撒娇的声音唤他:"小银,小——银啊!"小毛驴就会拼命扯绳子,小孩一样兴奋得又叫又跳。

凭着盲目的信赖,她会在他的肚子下面钻过来钻过去,轻轻打他踢他,把洁白的晚香玉似的小手伸进他长着大颗黄牙齿的红色大嘴巴里;或者拧他伸过来的耳朵,亲昵地变着花样唤他的名字:

"小银!小——银!小银儿!银银!小银银!"

瘦女孩在鱼肚白色的小床上慢慢沉进冥河的那些悠长的日子,没有人记得小银。她在昏迷中仍然悲声呼唤:小银儿!……她的朋友哀叫的声音,有时也远远地传送到那充满叹息的、阴暗的房子里。啊,凄凉的夏天!

下葬的那天,上帝赐给我们多么美好的一个下午!九月尽头的玫瑰色和金色,像今天一样。钟声在坟场上,在空阔的夕照里回荡,天国的路!……我回家的时候爬过花园的围墙,孤单地,颓丧地,穿过院子门进屋,躲开所有的人,在厨房里坐下来,跟着小银一起沉思。

牧童 *El pastor*

小山在紫色的薄暮里慢慢暗下来有点吓人，西面的绿水晶天幕，把山上那个在闪烁的金星下面吹笛子的牧童衬托成一个黑影。羊群回镇之前，在熟悉的地方散开了一会儿，清脆甜蜜的铃声时响时停，周围的花渐渐看不见了，香气却变得更浓，让人感觉得到它们隐藏在黑暗里的形体。

"先生啊，如果驴子是我的……"

幽暗的天色使牧童看起来更黑，更有乡下味道，他灵活的眼睛收藏了那一刹那所有的光线，就像塞维利亚的老好人巴托洛梅·埃斯特班·穆里罗[①]画里的小叫花。

我可以把驴子送给他……可是，小银，没有你，我怎么办？

月亮一直把柔柔的光洒落残留着白昼余晖的草地，此刻

---

① Bartolomé Esteban Morillo（1617—1682），西班牙画家。

升起来了,圆圆的,爬到蒙特马约修道院上空;开满花的土地像梦境,无法描写的图案,原始而华美;山岩变得更巨大、更接近、更苍凉;看不见的水泉哭得更响……

走远了,小牧人在背后仍然不甘心地喊:

"唉,如果是我的驴子……"

金丝雀死了
El canario se muere

你看,小银,今天早上,孩子们的金丝雀在银色笼子里死了。是的,他已经很老……你应该记得,去年冬天他一直不开口,把头藏在翅膀下面。到了春天,阳光把露天起坐间改变成花园,院里最好看的玫瑰都开了花,他也再用歌声装饰新的生命,开始唱起来,可是他的声音变得细弱而且断断续续,像吹一支有裂缝的笛子。

一向照顾他的那个年纪最大的男孩,看见他僵卧在笼里就急得哭起来:

"怎么会?他什么都没有少;有食物,有水!"

是的。小银,他什么都没有少。他死了是因为他死了——正如另一个老歌手坎波阿莫尔[①]说的,不需要理由……

小银啊,鸟儿也有天堂吗?蓝天上面可有一个开满金色玫瑰的花果园收容白色、粉红色、蓝色和黄色鸟儿的灵魂?

---

① Ramón de Campoamor(1817—1901),西班牙诗人。

听我的：到了晚上，孩子们和你和我会送死去的鸟到花园去下葬。今夜月圆，在苍白的银光下，在布兰卡干净的手里，可怜的歌者看起来会是一朵凋谢了的黄百合。我们会把他埋在开大花朵的玫瑰树下。

春天来的时候，我们一定会看见鸟儿从一朵白玫瑰的花心飞起来。芳香的空气里会有歌，四月的阳光会传送无形翅膀扑动的奇妙声音和一串秘密的、清脆、婉转的鸟鸣。

小山 La colina

小银，你可见过我在那座又古典又浪漫的小山上，躺着？

牛、狗、乌鸦经过，我不动，也不想看。入夜，直到黑暗催赶，方才离开。我不知道是什么时候第一次看见自己在那里，甚至不知道自己有没有到过那里。你应该知道我说的是什么山；就是历史悠久的科巴诺葡萄园那边，像男人女人胸像那样耸立着的红色小山。

我的书都是在那里读的，我的思想都是在那里得来的。我在许多博物馆里见过我自己画的这幅画：我，一身的黑衣服，在沙地上，背向着我，就是说，背向着你，或者随便什么看画的人，在我的眼睛和西方的天空之间，是我自由的想象。

"品雅"的房子里有人唤我，去吃饭或者去睡觉。我相信自己是去了的，可是不知道有没有留在那里，不过，我肯定，小银，这一刻，我不在那里，跟你一起，我从来不在任何地方，死后也不在坟墓里，只会在那座既浪漫又古典的红色小山上，手里拿着书，河上的太阳在下沉……

秋天 *El otoño*

小银，太阳开始赖被窝了，庄稼人起床比它更早。它真的没有衣服可穿，而天气这么凉。

北风刮得好凶！你瞧，小树枝落满一地；风这么锋利，这么劲，所以枝条都是平行的，指着南方。

小银，铁犁像简单的兵器，将来可以拿去干别些和平愉快的工作；潮湿的大路两旁，那些变黄了的树，完全相信将来会再青翠起来，这时候像纯金的温暖篝火一样，照亮我们匆忙的脚步。

拴住的狗 *El perro atado*

小银，秋天来了，我想到一只被拴住的狗，在午后越来越冷的苍茫前院、后院或者花园里一声声长号。这些日子，一天比一天黄，小银，无论走到哪里，我都听见那被拴住的狗向落日吠……

对于我，他的叫声比别的什么都更像一首挽歌。在这些时刻，生命完全倾注于逐渐消失的金黄，正如守财奴的心倾注于最后一枚金币。那么一点点金黄，被灵魂贪婪地收起来，四处散布，好比孩子们用小镜子捕捉阳光反射上黑暗的墙，让蝴蝶跟枯叶结成一体……

橘子树和刺槐上的麻雀和乌鸦，为了追随阳光，从一根枝条跳去另一根，越跳越高。太阳变成玫瑰色、紫色……没有心跳的、飞逝的瞬息，凭借美而成为永恒，仿佛死亡是为了永生。狗吠得迫切、尖锐，也许已经领悟，美正在死去……

希腊海龟 *La tortuga griega*

哥哥和我有一天中午放学经过小巷回家的时候发现它。那时是八月——普鲁士蓝的天空几乎是黑色的哩,小银!——因为怕热,我们走这条捷径……它就在谷仓墙脚的草丛里,像一团泥巴,完全没有保护,只有角落里我们唤作"金丝雀"的老金龟树给它一点庇荫。我们有点怕,找女仆帮忙抬它回家,进屋的时候喘着气大叫:"海龟!海龟!"然后,我们冲洗它,因为它实在脏,于是就看见了金色和黑色的图案,像印画纸印出来的一样。

霍阿金·德·拉·奥利瓦先生和"青鸟",还有听到消息的别些人,都说那是希腊海龟。后来进了耶稣会的中学,博物课本里也有和我们这海龟一模一样的绘图,而且标着同一样的名称;我见过大陈列柜里制过的标本,标签上也是这个名称,所以,小银,它肯定是希腊海龟,不会错。

以后,它就住在这里。我们小时候想出许多坏主意,放它在秋千上荡,抛它出去让"爵爷"追,一连几天让它四脚朝天……梭迪多有一次向它开了一枪,想证明它多么坚硬,结果,一颗反弹的铅弹射死了一只在梨树下喝水的白鸽。

它曾经躲起来几个月,有一天忽然在煤堆里出现,动也不动,像死了一样。另一次,在水渠里。有时,一窝臭蛋证明它去过;它跟鸡、鸽子、麻雀一起吃东西,最爱吃番茄。到了春天,它有时会占据前院,好像干枯的老树忽然长出新芽,好像它决定从头再活一个世纪。

十月的下午 *Tarde de octubre*

假期完了，叶子开始转黄，孩子们回学校去了。寂寞。屋里的阳光似乎是虚浮的，落叶也是。遥远的叫声和笑声都是幻觉。

暮色慢慢掩上仍然开着花的玫瑰丛。夕阳点燃了最后的玫瑰，而花园像一团芳香的火，迎着落日的火上升，周围是烧焦玫瑰的气味。静寂。

小银跟我一样无聊，不知道该做什么。他一步步向我挨近，踟蹰，终于毅然踏上砖地，跟着我走进屋子……

安多妮莉亚 *Antonia*

溪水涨得这样满,夏天里金灿灿地、挺拔地排在两岸的黄百合,这时候都溺在水里,零零落落,一瓣一瓣向急流放下美的贡献。

穿戴整齐的安多妮莉亚,可以从哪里走过对岸呢?我们试踩过的石头都陷进泥里。少女沿着岸走向上游,直到白杨树篱那里,看能不能走过……不能……我大大方方地提议把小银借给她。

我一开口,安多妮莉亚就红了脸,灰眼睛周围的雀斑好像着了火。然后,她突然大笑起来,笑得靠在树上……她终于下了决心。把粉红色的毛线披肩往草地一扔,起跑几步,一跳就上了小银的背,机灵得像猎犬,双腿分跨两边,结实丰满的小腿,穿着红白相间的粗棉袜子。

小银想了一阵,一跳就过了对岸。溪水把害羞的安多妮莉亚和我隔开之后,她就用鞋跟戳他,而他就在晃动的黑发姑娘银铃似的笑声里大步跑向平原。

我闻到百合、水和爱的气味。莎士比亚为克娄巴特拉[①]写的台词,像一个带刺玫瑰的花冠,在我头上转来转去:

> 幸福的马啊,承载着安东尼的重量!

"小银!"我高声喊,又恨又怒,终于失声……

[①] 公元前1世纪埃及的女王,下嫁罗马政治家马克·安东尼。

看漏了的葡萄
El racimo olvidado

十月,经过连串下雨的日子,我们在第一个又金又蓝的晴天一起去葡萄园。小银的背篓一边盛着干粮和女孩们的帽子,为了平衡重量,另一边载着红红白白的、软绵绵的白兰卡,像一朵桃花。

洗过的田野多么漂亮!溪水满泻了,田地已经小心犁过,路边的白杨仍带着黄叶,跟树上的黑鸟对望。

女孩子们忽然抢着向前跑,嚷着:

"还有一串,还有一串!"

一株老葡萄树纠结的长枝上仍然有些红红黑黑的枯叶,猛烈的太阳照射着一串透明的琥珀色葡萄,像成熟的女人一样艳光四射。人人都想去摘!抢先拿到手的维多莉亚把它藏在背后。经过我请求,她显出刚成长的少女对男性那种温婉,柔顺地交给了我。

串上共有五颗大葡萄。我分给维多莉亚一颗、白兰卡一颗、萝拉一颗、琵珀一颗——女孩们!——在大家的笑声和掌声里,最后一颗赏了小银,被他的大嘴巴一口咬住了。

"上将" *Almirante*

那里学会什么是高贵。你看,他住过的棚还有他的名牌,棚里还放着他的鞍、缰绳和笼头。

小银,他第一次走进院子的时候给我多么大的惊喜!他从沼泽地来,带给我们说不尽的力量、生机和欢悦。一匹骏马!每天,我们大清早就沿着河岸到下游的沼泽地驰骋,赶起废磨坊里那些捣乱的秃鼻乌鸦。然后,我们会转上公路,以结实短促的脚步进入努埃瓦街。

一个冬天的下午,圣胡安酒坊的杜邦先生来到我们家里,手里拿着鞭子。他把一些钞票放在小起居室的灯桌上,就跟劳洛一起走出院子。入夜的时候,我像做梦一样,看见"上将"在窗子外面,拉着杜邦先生的双轮马车,在雨中走出努埃瓦街。

我不知道心疼了多少天。他们请了医生来,给我镇静剂止痛药什么的,直到有能力磨平一切的时间从我的记忆带走他,小银,犹如带走"爵爷"和那小女孩一样。

真的,小银,你跟"上将"会是多么好的朋友!

小风景画 *Viñeta*

小银,在新犁过的暗黑耕地上,那些湿润松软的平行犁沟,已经长出短短的绿色新芽,太阳跑的速度快了,下山时洒出轻盈的金色长线。怕冷的雀鸟大群大群向摩尔区那边飞。最轻的风也能吹落整根树枝上最后的黄叶。

小银,这是窥探灵魂的季节。我们现在有一个新朋友:一本新书,小心挑选的,高尚的。在打开的书前面,田野也为我们打开了,完全没有遮掩,通向无穷尽的孤独深思。

看吧,小银,不到一个月之间,这棵仍然翠绿的树,曾经用喁喁细语陪伴我们午睡。现在,它孤单、干瘦,在残留的稀疏叶子之间,只有一只黑鸟,构成一幅剪影,背景是正在急速消失的、凄凉的、病黄色的夕阳。

鱼鳞 *La escama*

从阿申雅街开始,小银,莫格尔好像变成另一个镇了。这是海员区的边沿。居民讲的是另一种话,有航海术语的,意象鲜明。男人衣着整齐,佩戴粗重的表链,抽上等雪茄和长烟斗。卡雷特利亚区那些冷静、清瘦单纯的男人,例如拉波索,跟你认识的里贝拉街那个笑嘻嘻、脸色红润、黑头发的比贡比较起来是多么不同!

圣弗兰西斯科教堂执事的女儿格拉娜迪莉亚在珊瑚街居住。她有一天来我们家,厨房充满她生动活泼的谈话。从费里谢达、蒙土里奥和俄尔诺斯来的三个女仆都听得张大了嘴巴,她讲卡狄斯、塔里法和海岛的故事,又讲烟草走私、英国时装、丝袜子、银器、金器……然后响亮地蹬着高跟鞋走了,黑色薄绉丝披巾裹住她款款摆动的苗条身体……

女仆们不停地评论她色彩鲜明的语言。我看见她们朝蒙特马约那边映着阳光端详一片鱼鳞,一只手掩住左眼……我问她们干什么,回答是看卡门圣母,因为鱼鳞上有她的像,身披镂空花边的斗篷,在彩虹下面;卡门圣母是水手的保护神;这是格拉娜迪莉亚说的,错不了……

皮尼多 *Pinito*

那家伙！……那家伙！……那家伙！……比皮尼多更蠢！……

我已经几乎忘记皮尼多是什么人了。小银，这时候和煦的秋阳把红色的沙丘晒得比火还要红，可并不太热，顽童一叫，我眼前就浮现可怜的皮尼多，背着发黑的葡萄藤，在斜坡上朝我们走过来。

瘦削、黑皮肤、敏捷的，肮脏而丑陋，却又带点秀气；可是我想确认这形象的时候，又完全看不见了，就像早晨醒来忘掉梦境一样，所以我不知道自己记得的那个人，到底是不是他……也许他在某一个下雨的早上几乎光着身子跑过努埃瓦街，后面一群顽童追着扔石子；又或者在某一个冬天的黄昏出现，脸色阴沉，跌跌撞撞地沿着旧坟场的围墙，经过风车，回去那不必付租金的山洞，那附近都是一堆堆的垃圾和狗只的尸体，许多从外乡来的叫花子也在那里住。

"……比皮尼多更蠢！……那家伙！……"

小银，如果可以跟皮尼多谈话，即使仅仅谈一次话，不管付出什么代价!小银,听玛卡莉亚说,那可怜虫在多年前有一次在柯里莉亚家里喝多了酒,摔进"大堡垒"的水沟里死了,那时我还小,就是你现在的年纪,小银。不过,他真的是个白痴吗?唉,他到底是个怎样的人呢?

　　小银,他已经死了,我却不知道他是怎样的人;那小顽童的母亲以前一定知道他,你听见的,他说我比皮尼多更蠢哩。

河 *El río*

你看,小银,歪念和偏心把矿场之间的河赶得多么绝。这里那里的黄紫色泥洼,里面带红色的水已经不能反映今天的夕阳了;除了玩具船,什么船都不能驶过河床。多么悲惨!

以前,酒商的大船——单桅船、双桅船、三桅船,像"海狗号"、"小艾罗伊斯号"、可怜的金特罗替父亲管理的"圣盖坦号",还有比贡替叔叔管理的"明星号"——乱纷纷地用旗杆给天空送上喜气——啊,那些让孩子们敬畏的大桅!——去马拉加的,去卡迪斯的,去直布罗陀的,船上的酒把船深深压进水里……机动船在它们之间航行,给河水带来油渍、圣像和漆成绿、蓝、白、黄、红等等颜色的船名……渔民也从这条河把鱼获送到镇上:沙甸、蚝、鳗、鳎鱼、螃蟹……里奥丁多的铜毒害了整条河。只有一件事不算太坏,小银,因为阔人不吃了,穷人现在才能吃到鱼……可惜所有的三桅船、双桅船和单桅船都不见了。

可怜啊！基督像再也看不到涨潮的浪了！剩下的就只有零零落落像干瘪的叫花子那样没有生命的血丝，软弱无力的流水是铁锈的颜色，类似这落日的红，照射着破烂的"明星号"，它嶙峋的龙骨发黑、扭曲，向着天，整堆烧毁的废铁仿佛是一排鱼骨。缉私队员玩着游戏的孩子们在船的残骸里，过去的日子在我悲哀的心里。

石榴 *La granada*

小银,这石榴好漂亮!阿格迪莉亚从蒙哈斯溪边最好的一株树摘给我的。没有别的果子能像这颗石榴一样让我憧憬滋养它的水有多么清凉。它是被充沛的活力和能量挤破的。一起吃,好吗?

小银,它的外皮坚硬固执得像泥里的根,干涩,却又多么甘美!那甜味像晨曦的晕红,最初藏在黏附皮下的种子里。现在呢,小银,是完整、健康的颗粒,有薄膜裹着,它们挤得那么紧,变成可以吃的精致紫水晶了,多汁,结实,简直是说不出的什么年轻女王的心。涨得满满的哩,小银!来,吃吧。好味道!牙齿咬进成熟丰满的红色果肉,真是好享受!慢着,我说不出话了。味觉的刺激,跟万花筒幻变的色彩迷宫对眼睛的刺激是一样的。好,吃完了!

我已经没有石榴树了,小银。你没有见过弗罗列斯酒坊大院里种的那几株。以前我们常在下午到那里去……从崩塌的围墙缺口可以看见珊瑚街那些房子的前院,各有各的美态,也可以看见郊野和河。还听得到缉私队的号声和塞拉昂的砧声……那是镇里一个新区,不在我住的区里,有它自己丰富的日常生活情趣。当太阳落下,在栖着蜥蜴的、无花果树的斑驳阴影里,井边的石榴就会闪出宝石的光芒。

石榴,莫格尔的果子,市徽!向落日爆裂的石榴!从蒙哈斯果园来,从贝拉尔河谷来的石榴,还有从沙巴列哥来的石榴,玫瑰红的天空在它那些有溪涧的幽静深谷流连,也在我心里流连,直到黑夜降临。

旧坟场
El cementerio viejo

我想带你到这里来,小银,所以刚才让你混在泥水匠的驴子中间,躲过掘墓人的视线。现在清静了……走吧……

瞧,这是圣荷塞坟区。破铁栏里面青翠阴凉的一角,是神父们的葬地……三点钟跃动的阳光照射着西面那扫过白灰水的一小块地,是儿童坟区……再走过去……"上将"……贝妮达女士……穷人的坟坑,小银……

柏树上的麻雀飞出来飞进去!多么快活!鼠尾草丛那边的戴胜鸟,把巢筑在凹坑里……掘墓人的孩子。看,他们多么享受红奶油夹面包……看,小银,两只白蝴蝶……

新坟区——等一等……听见吗?铃声……三点钟的驿车在公路上,驶向车站……松树,风车那边的……路特加女士……船长……阿尔费列迪多·拉莫斯,是哥哥和我在一个春天的下午跟贝贝·沙恩斯和安多尼奥·里维洛一起送他来的,在白色小棺里……听听!里奥丁多的火车正在过桥……前面……可怜的痨病卡门;那么娇小,小银……看,阳光里的这朵玫瑰……这儿,是个小女孩,晚香玉似的,她的黑眼睛再也张不开了……还有,这里,小银,是我的父亲……

小银……

里比阿尼 *Lipiani*

让一让,小银,让小学生通过。

你知道,今天是星期四,他们到郊区来了。里比阿尼有时带他们去看卡斯特里雅诺神父,有时去看安古斯蒂亚斯桥,有时去参观教堂。里比阿尼今天兴致显然很好,你看见啦,他带他们到修道院来了。

我有许多次想过,让里比阿尼教你怎样做驴——你懂得教小孩做人是什么意思——可是我怕你会饿死。因为可怜的里比阿尼总是用他自己理解的"神的兄弟"和"让儿童来亲近我"做借口,在远足的时候要每个小孩跟他分享他们的午餐,这样,他就可以一个人吃掉十三个人的半份食物。

你看,他们多么满足!孩子们像穿得破破烂烂的、搏动着的红色心脏,注满了这个兴高采烈的十月下午的热力。里比阿尼肥胖的身体紧紧地裹在本来属于波里亚的棕色格子外衣里,他的大胡子已经开始转灰,想到很快可以在松树下开怀大嚼,就禁不住微笑……田野在他多姿彩的金属脚步经过之后仍然继续震动,像"奉告"钟敲过了还在镇的上空袅袅不绝,似乎金色的钟楼里有一只绿色的大熊蜂在那里看海。

"大堡垒" *El castillo*

小银,下午的天空多么好看,带着金属那种凉意的秋天阳光,像纯金的刀子!我喜欢走这条路,因为从这偏僻的山坡可以好好地看日落,没有人打扰我们,我们也不打扰别人。

除了那些酒坊,只有一所蓝色白色的屋子,布满污渍的墙外有蓝芥菜和荨麻,看起来好像没有人住。可它是柯里莉亚和她的女儿晚上跟情人幽会的地方,这两个漂亮的金发女子,容貌非常相似,永远穿黑色的衣服。这个,就是皮尼多摔死在里面的水沟,躺了两天才被人发现。这边是炮兵安放大炮的地方,他们对付的是伊格纳西奥先生,你见过他,一个有胆色的私酒贩子。此外,安古斯蒂亚斯的公牛也从这里进城,不会有少年群众跟在后面。

水沟上那桥拱的红色攀藤正在枯死,远处是砖窑和紫色的河。看那些荒凉的沼泽地吧。看那又大又红的太阳吧,像一个看得见的神,为万物带来喜悦,然后沉进威尔瓦后面的海水里,而世界,就是说,莫格尔,向它贡献绝对的静寂,和整片郊野,还有你和我,小银。

旧斗牛场
La plaza vieja de toros

小银,一瞬的闪光让我再一次看到那天斗牛场的大火……下午……起火,不知道哪一年……

也不知道场里面是怎样的……总觉得曾经见过……也许是马诺里托·弗洛列斯以前给我的巧克力糖印画?——一些普通的小狗,灰灰的,好像是硬胶造的,被一头黑色公牛挑上半空……绝对空荡的一圈地,有一株高大的植物,十分青翠……那是从外面看,我是说,从上面看见的情景,意思是说,不在斗牛场里……然而没有人……我在阶梯式的松木看台上绕圈子跑,一圈比一圈高,幻想那就是印画上真正的斗牛场;入夜时的一场雨,在我的灵魂里永远留下一幅远方的风景,一片幽深的墨绿,在阴影里,我是说,在云团的寒气里,天边一排矮松浮在连绵的迷蒙白光上,遥远地,浮在海上……

只是这样……我在那里逗留了多久?谁把我救出来?什么时候?我不知道,从来没有人告诉我,小银……可是我每次提起这件事,人人都说:

"不错,'大堡垒'的斗牛场,一次大火……那时的确有斗牛士来过莫格尔……"

回声 *El eco*

景色苍茫，仿佛有什么人躲着。下山回家的猎人，走到这里必定加快脚步，并且爬上岩石瞭望。传说山贼帕拉雷斯横行这一带的时候就在这里过夜……这块红岩石向东，上面有时会有走失的山羊在入夜后的黄色月亮下出现。草原上有一个只在八月份干涸的水池，细碎地反映黄色、绿色和玫瑰色的天空，顽童从高处向池里的青蛙扔石子，或者为了激起哗啦哗啦的水花，几乎弄瞎了池子。

……我在路弯让小银停下来，附近一株紫荆正好挡住通向草原的路，黑黝黝的枯枝像剑；我用双手圈成喇叭，向岩石大叫：小银！

岩石用沾了周围的水汽才不那么干涩的声音回应：小银！

小银猛然转身，竭力昂起头，显出逃跑的冲动，全身发抖。

小银！——我又向岩石喊了一次。

岩石又一次回应：小银！

小银望我一眼，又望岩石，掀起上唇向天长叫起来。

岩石含糊的回声跟他的叫声同时响着，只是尾音拖得更长。

小银又叫了一次。

岩石再回应一次。

于是，小银一下子疯狂撒起野来，像暴风雨一样不能控制，开始乱转乱踢，想挣脱笼头，想撇下我逃跑，直到我低声跟他说了许多好话，他的叫声才逐渐再变成自己的叫声，叫给仙人掌听。

惊慌 Susto

是孩子们的晚饭时间。灯在雪白的桌布上洒下朦胧温暖的玫瑰色光线,红菊花和鲜艳的苹果,给田园诗一样纯真的小脸蛋添加质朴的喜气。小女孩吃饭的样子像成熟的妇女,小男孩谈话的态度像成长的男人。年轻漂亮的金发母亲在稍远处,露出白皙的胸脯给婴儿喂奶,含笑旁观。窗外是花园,明净的夜空,星光是颤动的,寒冷的。

突然,白兰卡飞跑着钻进母亲怀里,像一线微光。静默一下子罩下,跟着是椅子翻侧的一片响声,孩子们乱哄哄地跟在她后面跑,惊惶地望窗子。

小银这傻瓜!他白色的头,被阴影、窗玻璃和孩子们的惊慌放得更大的大头,在静静地,满怀心事地,向明亮温暖的屋里张望。

旧喷泉 *La fuente vieja*

在常青的松林前面,它永远是白色的;黎明时是白里透着玫瑰红或蓝,薄暮时是白里透黄或紫红,晚上是白里透绿或浅蓝;小银,你常常看见我在那里长时间流连的旧喷泉,像一条钥匙或者一个坟墓,藏着整个世界的悲痛,就是说,藏着真实生命的喜怒哀惧。

我在它那里见过希腊神殿,见过所有的金字塔和大教堂。每次当我为一个喷泉、一座陵墓或者檐廊那种历久不衰的美而失眠,在短促断续的睡梦里,它们的形象就会跟这个旧喷泉的意象轮流出现。

我从它这里出发走向四面八方。我从四面八方回到它这里。它是这么完全地属于它所在的地方,这么和谐的单纯,使它成为永恒,色和光是这么完全地属于它,你几乎可以用手,像掬水一样,在它那里掬取生命的完整洪流。勃克林[①]画喷泉用希腊背景,弗雷·路易斯[②]诠释过喷泉,贝多芬给喷泉

---

① Arnhold Böcklin(1827—1901),瑞士画家。
② Fray Luis(1504—1588),西班牙作家。

灌注欢乐的泪水,米开朗琪罗也给罗丹送过喷泉。

喷泉是摇篮,也是婚礼;是歌,也是十四行诗;是现实,也是欢乐,是死亡。

这个晚上,小银,它是死的,像喁喁细语的幽深绿色里一个大理石裸体;死的,却从我的灵魂喷涌着永恒的水。

路 Camino

昨夜的落叶真多啊，小银！所有的树都好像倒转了，树顶在地，树根朝上，想插进天里的样子。看这棵白杨：像马戏班的露茜亚，火似的红头发在地毯上，灰色网袜子裹着的修长美丽的双腿，同时地伸上半空。

现在，秃枝上的鸟看我们在铺满黄叶的地上，就像春天的时候我们看鸟在翠绿的叶丛里。以前，叶子在树上唱的那些温柔的歌，落到地上就变成沉闷的祈祷！

小银，你看见田野到处是枯叶吧？到了下个星期天，我们走这条路回家的时候，就会一片都看不见了。我不知道它们死在哪里。鸟儿在春天的绵绵情话里，一定曾经向它们透露过美丽幽秘的死亡的秘密，可是你和我没听见，小银。

松果 *piñones*

她正在走过来,那卖松果的姑娘,在阳光里走上努埃瓦街。她卖新鲜的和烤过的松果。我想给你、给自己买一毛钱一把的烤松果。

十一月比冬天和夏天都更多金黄和蔚蓝的日子。阳光是灼热的,静脉鼓胀着发蓝,像水蛭——干净宁静的白色街道,拉曼查的布贩背着灰色的布包,路塞拿的铜器贩子背着黄澄澄的光,摇着小铃,每一声捡起一片阳光……而阿列那的少女躬身背着篮子,贴住扫白灰水的墙慢慢走,用煤块在墙上画上一条长线,充满感情地拉长声音叫卖:"烤——松——果……"

情侣们在家门前一起吃,灿烂地笑着交换挑选过的果仁。上学的孩子们,半路上用石块在门槛上敲它们的壳……我记得小时候常常在冬天下午到小溪附近的马里阿诺橘子树丛那里。我们用桌布包着烤松果,而我的全部喜悦是能够带一把小折刀剥它们,那是一把柄上镶着贝母的鱼形小刀,眼睛是两颗配对的红宝石,透过它们看得见艾菲尔塔……

小银,烤松果留在口腔里的味道真好!让人轻松,让人乐观,让人在寒冷季节的阳光里觉得安全,像石碑一样安全,走路的脚步都响亮了,冬天衣服没有重量,小银,我甚至会想跟雷翁或者年轻的驿车夫曼奇多一起流浪哩……

走脱的公牛 *El toro huido*

小银跟我走到橘子树丛的时候，树丫积满白霜的河谷还罩在阴影里。太阳还不曾给微明的天空镀金，长着矮树的山头就在这天空下铺开美丽的野豆花……一些长而低沉的叫声不时使我抬头。一长列椋鸟正在飞向橄榄树丛那边，一路变换着队形……

我拍掌……回声……马努厄尔！……没有人……突然，一阵急速洪亮的隆隆巨响……我的心不能跳得更快了，预感有事情发生。我牵着小银躲到无花果老树后面……

果然，来了。一头红色的公牛，黎明的主人，喷着鼻，低吼着，飞奔而来，恣意践踏脚下的一切。他在山上停了一会儿，一声可怕的短促呻吟填满山谷和天空。椋鸟继续横过玫瑰色的天空，毫不害怕，它们温柔的鸣声镇住了我的心跳。

下山的公牛穿过一些世纪树，走到井边，初升的太阳把他扬起的大团尘土染上铜的颜色。他喝了一点水，转头走上山坡，高傲凶悍，气势比整片田野还要大，角上挂着折断的野葡萄藤，终于在我紧张的注视和变成纯金色的炫目阳光里消失。

十一月的田园诗
Idilio de noviembre

黄昏时分,小银从郊外驮着烧火用的小松枝回家,那柔和的大团绿色,几乎把他完全遮住了。他踏着整齐的小步,像马戏班走钢索的女郎,优雅,灵活……似乎并没有走动,竖着耳朵,像背着家屋的蜗牛。

绿色的枝条,本来是直的,收容过阳光、山雀、风、月光、乌鸦——多可怕啊,小银,都在这些枝条上栖息过!——可怜,此刻却在暮色里拖扫着小路上干燥的白色沙土。

天色是一片柔和寒冷的紫。在接近十二月的田野,驮着松枝的驴子的谦卑形象,像过去一年的光阴,开始透着神圣……

白马 La yegua blanca

我心里难受,小银……你看,我在波尔塔达那边经过弗罗列斯街的时候,就在两个孪生兄弟被电殛的地方,看见索多那头白色雌马的尸体。几个几乎没有穿衣服的女孩默默地围着她。

女裁缝普莉塔经过的时候告诉我,索多已经不耐烦喂这雌马,今天早上拖了她去土坑。你知道,那可怜的牲畜跟胡里安先生一样老,而且呆钝,看不清,听不清,几乎走不动了……大约中午时分,她又回到主人门前。他气得拿棍子赶她。她不肯走。于是他用镰刀戳她。人们围过来看,在咒骂声和喧笑声中,雌马踉跄地上了街。一些男孩子跟着她呼喝、扔石头……终于,她倒在地上,他们就结果了她。她周围有某一种恻隐的感情盘旋。

"让她安息!"仿佛你或者我在那里哩,小银,可是只像台风中心的一只蝴蝶。

我看见她的时候,尸体旁边仍然堆着石子,马和石一样冷,一样硬。她的一只眼睛张开,生前瞎,死后却似乎看见一切。她的白,是暗巷里唯一仍然亮着的光,夜空在寒气里显得特别高,布满了细碎的玫瑰红云片……

闹新房 *Cencerrada*

真的,小银,它们很好看。卡米拉女士穿白色和粉红色,拿着硬纸板和小棒给一头小猪上课。萨塔纳斯一只手里拿着空酒袋,另一只手探进她的手提包里拿小钱袋。我相信这两个假人是小滑头贝贝和打杂女工柯查造的,她曾经向我们家要了一些旧衣服。领队是摄影师柏比多,他饰演神父,骑一头黑驴,举着旗子。后面跟着一群小孩,他们来自恩美第奥街、伏恩特街、车厂区、艾斯克里巴诺斯广场和彼德罗特里约巷,一路有节奏地敲打洋铁罐、铃铛、煎锅、铜钵、水壶、饭锅,在月色里穿街过巷。

你知道卡米拉女士守过三次寡,已经六十岁了,而萨塔纳斯虽然只做过一次鳏夫,却也喝了七十年的酒。今天晚上,在他关上窗子的家里,会有人用假人和谣曲演唱他和新妻子的故事,应该去听听他有什么话说!

小银,闹新房会持续三天。之后,女邻居们会从广场的圣坛取回属于自己的东西,而喝醉酒的男人会在焚烧假人的时候跳舞。然后,孩子们会继续闹几个晚上。最后,只剩下一个圆月亮和歌谣……

吉卜赛 $\mathcal{L}$os gitanos

你看,小银。她正在向这边走过来,在黄铜色的阳光里,笔挺的,没有外衣,谁都不望一眼……昔日的美丽保留得多么好,仍然清秀苗条,橡树的根底,腰间系着红色的围巾,衬着多褶的蓝底白点裙子。像往年一样,她要向镇议会申请在坟场后面扎营。你记得吉卜赛人残旧的帐篷、篝火、花枝招展的女人,还有周围那些半死不活的、咀嚼着死亡味道的驴。

是驴啊,小银!镇里的驴,在矮厩房里感觉到吉卜赛人要来,一定都会发抖吧。我不担心小银,因为吉卜赛人必须跳过半个镇,才找得到他的厩,而且护卫员仁格尔喜欢我,也喜欢他。不过我存心逗他,沉声唬吓他:

"进去,小银,进去!我要关铁门,有人要来抓你!"

小银要确定吉卜赛人抓不到他,大步跨进铁门,铁门随即关上,发出金属和玻璃碰撞的响声。他从大理石院子一跳一跳地进了花园,又箭一样冲进了厩房,急匆匆地扯断了——"你这冒失鬼!"——一株蓝色的爬蔓花。

火焰 La llama

靠近些,小银,过来……在这里不必拘谨。屋子的主人乐意招待你,因为是自己人。他的狗阿里喜欢你,你是知道的。至于我,小银,还用说!橘子树那里一定冷得要命。你听见拉波索说了:"上帝保佑,夜里别让太多橘子树冻坏!"

你不喜欢这堆火吗,小银?我认为什么裸体女人都比不上火焰。有什么散开的头发、什么臂膀、什么大腿,抵得过这燃烧的赤裸?除了火,大自然也许没有更好的象征了。屋子是关上的,黑夜给单独留在外面;虽然如此,在这开向火成岩洞的窗口,我们岂不比田野更接近大自然!火是屋里的宇宙。赤红的,无穷尽的,像身上伤口的血,用血的全部记忆给我们温暖和力量。

小银啊,火多么美丽!你看,阿里滴溜溜的眼睛也在看火,身体都几乎烧着了。多么巨大的欢乐!我们给包围在跳舞的金光和跳舞的影子中间,整间屋子在跳舞,玩简单的游戏,缩小了又放大,像俄罗斯舞者。从火里喷出种种使人无穷迷惑的形象:树和鸟、狮子和水、山和玫瑰。你看,连我们自己也不由自主地,在墙上、地上、天花板上跳舞。

疯狂,沉醉,辉煌!爱,此刻也好像跟死没有分别了,小银。

病后
Convalecencia

养病的房间有地毯有挂毯,给人暖和的感觉,我在昏黄的光线里倾听晚上的街道传来驴子回镇的轻快脚步声和孩子们嬉戏的叫嚷,好像做着一个镶满星星的梦。

我想象驴子黑色的大头和孩子们细小的头,听他们在驴叫里唱圣诞歌。我觉得市镇弥漫着烤栗子的火烟、马厩的气味和宁静的家的香气……

我的灵魂净化了,满泻了,像从心灵深处的岩石涌起一股天泉。救赎的黄昏!亲密的时刻,既寒冷又温暖,充满无限的启示!

钟声,在空中,在天外,在星星之间回荡。小银受到感染,在厩房里叫起来,一瞬之间,天国近了,却又好像很远……我虚弱地哭起来,无助而且孤单,像浮士德……

老驴

> ……最后，筋疲力尽，
> 每一步都有千斤重……
> (《谣曲集·维雷斯要塞司令的小灰马》)

我不知道怎样离开这里，小银。什么人把这可怜的东西遗弃在这种地方，没有水，没有遮蔽？

他一定是从土坑里走出来的。我相信他听不见也看不见我们。今天早上，你已经看见他在这个山谷，在白云下面，灿烂的阳光照亮他愁惨的样子，身上布满苍蝇，像活动的岛屿，而这是个无比美丽的冬日。他慢慢地转着圈，像迷了方向，四条颤巍巍的腿又在原地转了一个圈，只是换了方向，早上面朝西，现在面朝东。

小银，衰老是多么可怕的枷锁！我们这可怜的朋友虽然自由，却不能离开，即使春天向他招手也不能。也许他已经死了，像贝克尔①一样，死也要站着？黄昏的天空衬托出他凝固的轮廓，小孩子也能描。

你看见啦……我推他，他纹丝不动……也不理会我的呼唤……仿佛已经被痛苦钉在地上了……

小银，在这么高的山谷里，在吹刮着的北风里，今天晚上他就会冷死……我不知道怎样离开这里，我不知道怎么办，小银……

---

① Gustavo Adolfo Bécquer（1836—1870），西班牙诗人。

黎明 *El alba*

冬天的天色亮得迟,警醒的公鸡殷勤欢迎第一线玫瑰红曙光,小银睡够了,长叫了一声。在百叶窗外透进来的蓝色光线里,听到远处传来他睡醒的信息是多么甜蜜!我也期待白昼,在柔软的床上想太阳。

我又想到,可怜的小银如果不是落在诗人的手里而落在烧炭工人的手里,不知道会有什么遭遇,这些人天未亮就得踏上结了霜的荒僻小路去偷砍山上的松树;或者,他会落进邋遢的吉卜赛人手里,他们爱把驴子染色,给他们喂砒霜,用别针扣住驴耳不让它们垂下。

小银又叫了一声。他知道我想他吗?有什么关系呢?在温柔的晨曦里,想他是跟曙光同样愉快的事。感谢上帝,他有一个摇篮那么舒适温暖而且像我的心念一样慈爱的厩房。

小花
——给我的母亲

我的母亲告诉我,特莱莎奶奶是在花的幻觉里去世的。小银,我不知道这跟我小时候梦见过的彩色星星有什么关系,但是每次想到这件事,就觉得她临终的幻象是粉红、粉蓝和紫色的马鞭草。

特莱莎奶奶给我的印象是透过院子铁栅的彩色玻璃得来的,在这些让月亮和太阳变蓝变红的玻璃片后面,她总是向蓝色的盆栽或者白色的花圃弯着腰。那形象从来没有正面向我——因为我想不出她的样貌——不论在八月的下午或者九月的大风雨都没有。

母亲说,小银,她在昏迷中呼唤过一个看不见的园丁。不管是谁,他必定曾经静静地陪她走过一条长满花、长满马鞭草的小径。此刻她正沿着这小径回来,回到我的记忆里,而我以爱的体谅为她保留她的喜好,虽然它不符合我的品味,让她穿着她惯穿的细绸的衣服,上面有小小的花朵,它们是园子里落在地上的天芥菜花的姊妹,也是我小时候夜里所见的闪亮小星星的姊妹。

圣诞 *Navidad*

野地的火堆！……圣诞前一天的下午，暗淡的阳光几乎照不亮无云的天空，不是整片蓝色，而是整片灰色，西边的地平线有一种暧昧的黄……突然，绿色的枝条发出粗哑的噼啪声，开始着火；跟着冒出银貂似的白色浓烟，火焰，终于扫开浓烟，用快速吞吐的纯净舌头舔进空气。

啊，风里的火！玫瑰红、黄、紫和蓝色的精灵，散向不可知的地方，钻开低垂的秘密天幕；寒气里有他们留下的活炭味道！温暖的、十二月的田野！有爱心的严冬！有福的圣诞前夕！

附近的岩蔷薇熔了。景色在热空气里抖动，松开又还原，像移动的镜片。看门人的孩子没有自己的家，贫穷而且不快乐，围拢在火堆旁边，伸手取暖，又把橡实和栗子抛进火里，发出响亮的爆裂声。

黑夜渐渐被火光染红，孩子们心情轻快起来，一边跳一边唱：

　　……上路吧，马利亚，

　　上路吧，约瑟……

我带他们到小银那里，把他交给他们，让他们一起玩。

里贝拉街 *La calle de laribera*

小银,这所大房子现在是国民警卫军的军部了,我是在这里出生的。小时候我觉得这简陋的露台多么华丽呀,穆德哈尔建筑师加菲亚的,有彩色的玻璃星星!你在铁门外看吧,小银;院子后面那旧得发黑的木格子围栏,仍然装饰着白色、浅紫色的丁香和悬垂的蓝钟花,这儿是我童年的喜悦。

小银,在这个转向弗罗列斯街的街角,以前常常有一排排穿着深深浅浅蓝布衣服的水手,像十月里犁过的田。我记得那时候他们在我眼里都是巨人,因为从他们在海上养成习惯分开站立的双腿之间,可以望见远处的河是两条平行的纹,一条是闪光的河水,一条是干而黄的沼泽地;一只小船在河的一条支流上缓缓移动,两边的天空有斑斑点点的红色乱云……后来,父亲搬到努埃瓦街,因为水手们总是带着折刀,因为晚上总有顽童破坏门廊的灯和门铃,因为街角风大……

从阳台窗子可以看到海。我永远忘不了那个夜晚,所有的小孩都给高举起来,又害怕又担心,看英国人的船在沙洲上焚烧……

冬天 *El invierno*

上帝走进水晶宫。意思是下雨,小银。下雨了。在没有生气的树枝上,秋天留下来的、那些不肯放手的最后的花,都镶上了钻石。每颗钻石有一个天空、一个水晶宫、一个上帝。你看这朵玫瑰,里面藏着另一朵水玫瑰,一受到震动,看见吗?那闪光的新花就会散下,仿佛是它的灵魂,而玫瑰就会憔悴悲伤,像我的灵魂一样。

雨水一定也跟阳光同样快乐。如果不相信,请看那些结实、脸色红润的赤脚小孩在雨下面跑得多么兴高采烈吧。请看麻雀怎样忽然成群结队唧唧喳喳地全部飞进常春藤里吧,小银,你的医生达尔邦说,常春藤是他们的学校哩。

下雨了。今天我们不去郊外。这种日子适宜思考。你看水怎样从屋顶的导水坑流下来吧;看发黑的刺槐怎样洗干净了而露出一点金色;看孩子们昨天搁在草丛里的小船怎样在水沟里浮动起来。还要看在短暂而微弱的阳光里,从教堂那边升起,到我们这边化成模糊幻彩的虹桥有多么美。

驴奶 *Leche de burra*

在十二月早晨的静寂里,行人咳嗽着加快了脚步。从镇另一边传来的弥撒钟声在风里打滚。七点钟的驿车空着驶过……窗子铁栏震动的声音把我弄醒……瞎子又像往年一样把他的母驴拴在这里吗?

卖奶汁的女人,在寒风里用肚子抵住手里的洋铁壶,街头街尾来回地跑着,叫卖她白色的宝物,奶汁是瞎子从母驴身上挤出来的,卖给感冒病人。

既然瞎了,当然看不见那牲口一天比一天,甚至一小时比一小时衰颓的悲惨境况。她整个身体似乎只等于主人一只瞎掉的眼……有一天下午,我跟小银经过阿马尼谷,看见瞎子用木棍没头没脑地打那可怜的母驴,而她几乎是坐在湿草地上面一路滑开。棍子落在橘子树上,落在水车上,落在空气里,比不上他的咒骂那么凶,这些咒骂如果有实质,"大堡垒"的塔楼也会倒塌……可怜的老驴不想再生育了,学俄南①那样,要把什么公驴泄欲的礼物交给不育的泥土,让自

---

① 《圣经·旧约》中的人物,受父命代亡兄传宗接代,"知道生子不归自己,同房的时候便遗在地"。(《创世纪》)

己躲过厄运……瞎子是靠卖驴胎酒给老人维持他的黑暗生活的,两根指头那么深浅的酒,可以卖几毛钱或者换一个承诺,他要母驴站起来保存受孕的赠品,因为那是他的灵药来源。

此刻,母驴用自己的灾难在这里摩擦我窗上的铁枝,在余下的冬天日子里,对于吸烟的老人、结核病人和酒徒,她仍然是他们凄凉的药房。

晴朗的夜 *Noche pura*

屋顶白色的雉堞嵌进了冰冷、愉快、布满星星的蓝色天空。沉默的北风吹过，强劲而尖锐。

所有人都觉得冷，关上门躲在家里。小银，我们会悠闲地踱出冷清的镇，你的毛袍子和我的大衣暖着你，我的灵魂暖着我。

多么强大的内心力量鼓舞着我啊，让我觉得自己是一座粗糙岩石建成的塔，镶满白银！看那满天的星吧！多得让人晕眩。我说，天上可能有一个小人儿的世界，正拈着燃烧的玫瑰念珠，给地球为理想的爱祈祷。

小银，小银！我愿意拿我的一生、希望你也愿意用你的一生去跟一月这个孤寂、明亮、严寒的深夜交换它的纯洁！

香菱花环
La corona de perejil

"看谁先到终点!"

奖品是昨天从维也纳寄来的一本图画书。

"看谁先到紫罗兰花坛!一——二——三!"

女孩子们在黄色的太阳下开跑,白色和玫瑰红色的,一股快乐的风。她们沉住气的努力在晨光里切出一片静寂,镇上塔楼时钟缓慢的报时、种着松树的小山冈那些蓝色百合花里的蚊虫微弱的嗡鸣、水沟里的潺潺水声,一瞬间都听到了……孩子们跑近第一棵橘树的时候,在附近闯荡的小银,忍不住也来凑热闹。孩子们顾不得抗议,甚至顾不得笑……

我向她们喊:小银快赢了!小银要赢了!

果然,小银首先到达紫罗兰花坛,就在旁边的沙地上打滚。

女孩们走回来,一边拉袜子、拢头发,喘着气抗议:"不算数!不算数!不算!不算!不算!"

我跟她们说,小银跑赢了,应该得到奖赏。我说,好啦,小银不会看书,所以把书留给她们下次赛跑做奖品,可是也应该给小银颁个奖。

她们知道不会失去书,跳着、笑着,红着脸赞成:好!好!好!

根据自己的感觉,我相信小银最好的奖品在他的努力里,正如我的奖品在我的诗里。我从房子管理人门旁的菜圃摘了一些香荽,编成临时的荣耀花环,依照斯巴达人的模式,放在小银头上。

东方博士 *Los reyes magos*

小银,孩子们多么盼望这个晚上!要他们上床简直不可能。但他们终于都撑不住,一个个睡着了,在靠椅里,在壁炉旁的地板上,白兰卡在一张矮椅子里,贝贝在窗台上,面对门口,生怕错过东方博士……此刻,在现实生活之外的深处,你会感觉到那全体的睡眠,有生命的、神奇的,像一个饱满而健康的巨大心脏。

我在晚饭之前已经带他们全部上了楼。走上平时晚上使他们害怕的楼梯的时候,他们吵得多么厉害!"我不怕天窗,贝贝,你呢?"白兰卡说,紧拉着我的手——我们把所有的鞋子都放在阳台的香橼之间。这时候,小银,蒙特马约、婶婶、玛莉亚、特列亚、罗莉丽雅、你和我,开始用床罩、被单、古老的帽子穿戴起来。到了十二点钟,我们就会化好装,提着灯笼列队走过孩子们的窗子,吹着小喇叭和小房间那个螺号,敲着铜钵。你和我会领头走,我挂上粗麻造的白胡子扮卡斯帕①,身上披着,像围裙一样,哥伦比亚国旗,那是从领事叔叔家里带来的……穿睡衣的孩子们马上就会醒过来,眼皮上还有丝丝睡意,望向窗外的时候一定会惊讶得发抖。之后,我们还会整夜留在他们的梦里,第二天早上很迟,蓝色的天才会透过百叶窗弄醒他们,而他们就会衣衫不整地爬出阳台,成为全部宝物的主人。

去年,我们有许多笑声。我的小骆驼小银呀,你等着看我们今天晚上怎样寻开心吧!

---

① 传说由星光引导往伯利恒朝见圣婴耶稣的"东方三博士"之一,圣诞节后第十二日(1月6日)有主显节庆祝这事迹。

蒙苏利欧姆 Mons-urium

如今它叫作蒙土里奥。由于沙商不断挖掘而一天比一天缩小的这些红色小山丘,在海上看是金色的,因为罗马人给它起了这个辉煌高贵的名字。经蒙土里奥到风车那里,比取道坟场近些。这里到处是废墟,人们在葡萄园里掘出过骨头、钱币和瓶罐。

……哥伦布没有给我太多好处,小银。他有没有到过我的屋子,有没有在圣克拉教堂领过圣体,这棵棕榈或者那家酒馆是不是属于他那个时代?……我相信他到过这一带,你知道他从美洲带回来的两份礼物①。我喜欢的,是脚下粗壮的树根似的感觉,那是罗马人,他们用三合土建造的堡垒是凿不破、打不碎的,没有办法在上面插上风信鸡哩,小银。

我永远忘不了初次读到蒙苏利欧姆这名字的那一天,那时候我还小。蒙土里奥一下子就永远高贵了。我对美好事

---

① 指烟草和梅毒。

物——在我们贫穷的镇里是这么缺乏——的怀恋,找到了虚假的满足。我还要羡慕谁呢?在落日的风景中,还有什么古迹——教堂或者堡垒——能使我这样长时间深思呢?我觉得自己忽然找到了无尽的宝藏。莫格尔,金子的山,小银,让你活得满足,死得满足。

酒 El vino

我告诉过你,小银,莫格尔的灵魂是面包。错了。莫格尔像一个明亮的厚水晶杯,在圆形的蓝色天空下面,一年到晚期待着金黄的酒。到了九月,只要魔鬼不捣乱,杯子里就会装满酒,满到杯口边沿,并且溢出来,永远像个慷慨的心。

然后,整个镇就会散发出酒香,或浓或淡,并且发出水晶的响声。似乎无论为了四枚硬币,为了享受装进白色小镇透明杯子的乐趣,为了取悦它善良的血液,太阳都会捐出它液体的美。每一条街的每一所房子,被夕阳的余晖照亮的时候,似乎都变成了"小胡安·米古厄尔"或者"现实派"馆子里的一瓶酒。

我记得透纳①的《懒洋洋的喷泉》,那种柠檬黄好像全是用新酒画的。莫格尔也一样,它的酒喷泉不断洗涤身上每一个伤口;悲伤的欢悦流泉,像四月的太阳,每年春天都会升起,而每天都会落下。

---

① Joseph Mallord William Turner(1775—1851),英国画家。

神话故事 La fábula

我从小就本能地抗拒寓言,小银,正如抗拒教堂、国民警卫军、斗牛士和手风琴一样。经寓言作者嘴巴说出来,可怜的动物那些滔滔不绝的蠢话,就跟博物课室那些玻璃瓶里的标本同样臭。他们每一句话,我是说,一个喝醉酒、尖酸刻薄、病态的先生教他们讲的每一句话,都像玻璃眼珠、铁线缀的翅膀、插杆树枝那么假。后来,在威尔瓦和塞维利亚看见受过训练的马戏班动物,本来已经跟练习簿和奖状一起遗忘在离开了的课室的神话故事,又像可怕的噩梦一样,在青年时期再度出现。

成人之后,小银,让·德·拉封丹[①]这位寓言作家使我接受了会讲话的动物,你听我好几次提过他;有时我觉得他在一首诗里写的,确实是乌鸦、鸽子或者山羊的声音。不过我总是略去"教训"这条干尾巴,它是死灰,是最后脱落的一根羽毛。

显然,小银,你不是普通意思的"驴",也不是西班牙学术字典里界定的"驴"。你是我认识和理解"驴"这个字

[①] Jean de La Fontaine(1621—1695),法国诗人。

的驴。你讲自己的语言,不是我的语言;正如我不懂玫瑰的语言,玫瑰也不懂夜莺的语言。所以,你别以为我在把你写成寓言主角的时候,会为了用斜体字印出死硬无用的"教训"而让你用光明磊落的口吻讲狐狸或者朱顶雀的说话。永远不会,小银……

狂欢节① *Carnaval*

小银今天好漂亮！这是狂欢节的星期一，孩子们都穿上斗牛士、小丑和别的乔装衣服。他们给小银加上摩尔式的披戴，全部都绣着红、蓝、白、黄色的阿拉伯图案。

雨、太阳、寒气。彩色小纸片被刺骨的风吹得在行人道上向同一个方向翻滚。化了装的人冷得僵了，什么都用作袋子，让发紫的手取暖。

我们到达广场的时候，有些妇女穿着疯人院那种白色长袍，散开黑发的头上戴着绿色叶子缀成的花环，吵吵闹闹地手牵手把小银围起来，绕圈子跳轻快的舞。

小银赳赳着，昂头竖起耳朵，像困在火里的蝎子，紧张、焦急，尝试突破重围。可是他那么小，疯妇们不怕他，继续绕着他边唱边笑。孩子们学驴叫逗这囚徒回应。整个广场顿时变成大型铜管音乐会，夹杂着驴叫、笑声、谣曲、铃鼓和铜钵。

终于，小银像个男子汉那样，毅然冲出圈子，大步带着哭声走向我，身上的华丽装饰七零八落。他像我一样，不想跟狂欢节扯上关系……我们做不来这种事……

---

① 四旬节前一连三日的庆祝活动。

雷昂

温暖的二月的下午,在冷清而愉快的蒙哈斯广场上,小银和我各自在石凳的两旁慢慢地走,医院那边,太阳开始下沉,紫红和金黄溶成一片,我忽然觉得好像有人跟着我们,转身时听到招呼:胡安先生。雷昂轻拍着我的肩膀……

不错,是雷昂,穿得齐齐整整,洒过香水,准备出席傍晚的音乐会,格子上衣,有白色缝线的黑漆皮靴,绿色丝手帕,臂肘里是亮灿灿的铜钹。他又轻轻拍我一下,说,每个人都有上帝赐予的才能;我替报纸写文章……因为有特别的听觉,他能够……"你看,胡安先生,这副铜钹……最难演奏的乐器……唯一不需要乐谱的……"如果他想让莫德斯多生气,就会在乐队演奏之前用口哨吹出新曲子。"你看,每个人各有才能……你替报纸写文章……我比小银更强健……请看……"

他让我看他年老的秃头,头顶正中有一块老茧,像西班牙的平原,像一个长老了的瓜,又干又硬,一门艰辛职业的明显标记。

他又轻轻拍我一次,跳起来,眨着有麻痹的眼皮,吹着

口哨走了,那是一支二拍子的曲子,准是当晚的新曲目。可是他马上又走回来,递给我一张卡片:

雷昂
莫格尔青年弦乐队
领队

风车
El molino de viento

  这池塘，小银，从前觉得它好大，它的红沙岸多么高！经常在我梦里以美的形象出现的那些粗壮的松树，就是由这个池塘反映的吗？我那次在醉人的太阳音乐里看到一生所见最明丽的景色，就在这个阳台上吗？

  不错，吉普赛人就在那里，对公牛的恐惧也再度出现了。那边，仍然有，永远有一个孤单的男人——是从前那个，还是另一个？——一个喝醉酒的该隐，向过路人讲胡话，用他的独眼张望从大路来的人……又突然站定……这里是舍弃，是哀痛，然而那是多么不一样的舍弃，多么腐坏了的哀痛！

  小银，回来看它之前，我以为曾经在一幅库尔贝①的画和另一幅布克林的画里见到小时候心爱的这景色。我一直希望画出它在秋天日落时的红色光彩，陪衬着陷进沙里的清澈池塘反映着松树苗的倒影……现在留下来的，只是小时候在神奇的阳光里一片装饰着沙芥菜的记忆，像烈焰旁边一张薄纸，坚持不愿意放弃。

---

① Gustave Courbet（1819—1877），法国画家。

塔楼 La torre

不行,你不可以上来。你大得太过分了。假如是塞维利亚的风向标塔楼,那才好!

如果你可以上来,我会多么高兴!在安装着时钟的那个阳台,可以看见镇上的白色屋顶,它们有镶彩色玻璃的天窗和靛蓝色的花盆。然后,在搬动大钟的时候撞崩了的南面阳台那里,可以看见"大堡垒"的院子和迪埃斯摩,潮涨时还望得到海。再高些,在悬挂大钟那层,可以望见四个村庄、前往塞维利亚的火车,从里奥丁多来的火车和圣女石。然后就得在铁围栏上攀高些,去摸受过电击的圣胡安娜的脚,从铺着被阳光照射成金色的蓝白瓷砖的小亭探头出去,就会看见教堂广场上孩子们玩斗牛的奇妙景象,并且听到他们清脆的快乐叫声。

可怜的小银,你得放弃多少好享受啊!你的生活清简得像旧坟场那条短短的小径!

沙商的驴子
Los burros del arenero

看吧,小银,看圭马多的驴子吧;迟缓地、沮丧地走着,背上驮着堆成塔形的红色湿沙,上面插着用来酬报他们的绿色野生橄榄树枝,就像插在一颗心上面……

牧歌 Madrigal

你看,小银,像马戏班表演的小马一样,它已经绕着花园飞了三圈,白得像柔和的光波上一朵小浪花,翻过墙头飞走了。我几乎可以穿过石灰墙,看见它飞进外面的野蔷薇花丛。你看。又回来了。事实上,它是两只蝴蝶,一只白,是它自己;另一只黑,是它的影子。

小银,绝顶的美是别些美掩盖不了的。比方,在你脸上,最大的魅力是眼睛;在晚上,是星星;在早上的花园,是玫瑰和蝴蝶。

小银,看,它飞得多么飘逸!这样飞着,对于它一定有说不出的喜悦吧!大概就像诗为我这样真心的诗人带来喜悦一样。它整个心,它的肉体以至灵魂,都只顾着飞,而且它相信,在世界上,就是说,在花园里,什么都比不上飞那么重要。

静些,小银……你看它。看着它这样飞,干净、伶俐地,是多么愉快的享受!

死亡 La muerte

我发现小银躺在稻草床上，眼神温柔而悲伤。我走到他身边，轻轻抚摸他，跟他讲话，想扶他站起来。

可怜的小家伙使劲一翻身，一条前腿却是弯曲的……站不住……我把它拉直放在地上，又轻轻拍打他，请来了他的医生。

老达尔邦看过他，没有牙齿的阔嘴巴一直扁到颈背，把垂在胸前的头摇得像个钟摆。

"严重，呃？"

我听不清楚他的回答……不幸的，没救了……没有了……疼痛……不知道什么有毒的根……地上，杂草……

小银大约在中午断了气。本来软绵绵的肚子，这时候胀成圆球，变了色的四条腿僵硬着直竖向天。卷曲的毛仿佛是旧布娃娃被虫蛀坏了的麻绳假发，随便一碰就碎成粉末。

静悄悄的厩房里有一只美丽的三色蝴蝶在飞，每次飞过小窗子射进来的阳光都好像着了火……

思念

小银,你是看见我们的,是吧?

你看见院子里水车上的水静静地笑,清凉、澄澈;你看见勤快的蜜蜂,在残余的光线里,在仍然烧红着小山冈的太阳下呈现翠绿、淡紫、玫瑰红和金黄色的迷迭香周围乱飞,是吧?

小银,你看见我们,是吧?

你看见洗衣女工们那些疲累,愁苦的小毛驴,在天与地融合成为一片璀璨水晶的无垠纯净里,蹒跚走上旧喷泉那边的红色山坡,是吧?

小银,你看见我们,是吧?

你看见在一群群虚无缥缈的红斑白蝴蝶似的、枝头累累垂垂地开着花的岩蔷薇之间,那些面孔绯红的孩子们在跑来跑去,是吧?

小银,你看见我们,是吧?

小银啊,你真的看见我们吗?是真的,你看见我。而我好像听见,真的,我真的听见,使整个种葡萄的山谷舒展的爽朗西风,送来你让人心酸的柔声呼唤……

锯木架 *El borriquete*

我把可怜的小银的鞍、缰绳和笼头，都放在锯木架上，搬到大谷仓存放孩子们那些旧摇篮的角落里。谷仓宽敞、幽静、明亮。从那里可以望见莫格尔整片郊野：左边是红色的风车，前面是松树林遮掩着的高山和它的白色小修道院，教堂后的尽头处是"品雅"果园，西面是海，夏天涨潮的时候水面会升高，闪闪发光。

假期里，孩子们会到谷仓去玩。他们把翻侧的椅子排成长列当作火车，用涂上红颜料的报纸造戏院、教堂、学校……

有时，他们又会骑上没有灵魂的锯木架，吵吵嚷嚷地起劲挥手蹬脚，在梦的草原上奔驰：

"跑啊，小银！跑啊，小银！"

忧思 *Melancolia*

这一天下午,我带孩子们去看小银的坟,地点在"品雅"果园一棵慈祥的圆顶松树脚边。四月让周围湿润的土地开满大朵的黄百合。

黄雀在掩映着蓝天的青翠枝头唱歌,花巧、快乐、轻柔的鸣啭,在午后温暖的金色空气里飘开,像一个新鲜的爱之梦。

孩子们一到达就停止吵嚷。静默地、严肃地,他们用明亮的眼睛注视我的眼睛,里面充满焦虑的问题。

"亲爱的小银!"我跟地上的泥土说,"假如像我想象那样,此刻你正在天堂的草地上用你毛茸茸的背驮着小天使,也许就已经忘记我了?小银啊,告诉我,你还记得我吗?"

仿佛给我回答,一只从来未曾见过的、小小的白蝴蝶,幽灵似的,从一朵百合飞上另一朵百合,一次又一次……

给莫格尔天上的小银
A Platero, en el cielo de Moguer

　　无数次踏着碎步背我的灵魂——仅仅是我的灵魂——走过长满仙人掌、锦葵和忍冬的幽深小径的、我的温柔的小毛驴小银,这本关于你的书是为你写的,现在你能读懂了。

　　我们的莫格尔风景,灵魂已经跟随你升上天,我让它把书带给你此刻在东园里吃草的灵魂;书脊上有我的灵魂,它在开着花的蓝草莓之间向上移动,一天比一天变得更善良,更平静,更纯洁。

　　是的。我知道,当白日将尽,当我在黄鹂和橙花之间沉思着慢步经过寂寞的橘子园,到达守护你长眠的松树下,小银啊,在永恒的玫瑰草地逍遥自在的你,会看见我静立在穿过你破碎的心长出来的黄百合前面。

纸板小银
Platero de cartón

小银,我为纪念你而写的这本书,一年前在人的世界里出现的时候,你的和我的一个朋友送来了这头纸板造的小银。你那里看得见吗?看吧:它是一半灰色一半白色的,有一个黑色加红色的嘴巴,眼睛非常大,非常黑,背上黏土造的驮架有六盆粉红色、白色和黄色的纸花,它的头会摆动,脚下是一块装上四个粗陋轮子的蓝色踏板。

因为想念你,小银,我逐渐爱上了这头玩具驴。到我书房来的人都会笑着招呼它:小银。要是有不认识你的人提问,我会告诉他:这是小银。就这样,我习惯了把名字和感觉联结起来,在独个儿的时候,我相信它就是你,用我的眼睛摩挲它。

你?记忆,在人类的心里是多么靠不住。小银啊,这头纸板小银如今竟似乎比你更像小银了……

1915年于马德里

给小银，在他的土地上
A Platero, en su tierra

  我来，小银，是给你守一会儿陵。我没有生活过。没有什么过去。那是你的生活，而我碰巧跟你一起。这次只有我一个人来，孩子们都长大了，已经成为男人和女人。在我们三个人——你知道——身上，毁灭已经完成任务，我们正站在它的沙漠上，三个拥有最丰厚财富的人：心灵的财富。

  心灵！但愿他们两个也像我一样，有心灵的满足就够了。但愿他们也像我一样想。可是，不对，最好还是不思想……这样，他们就不必为我的罪孽、愤世嫉俗、高傲而留下悲伤的记忆。

  向你倾吐这些谁都没有必要知道的事情，感觉是多么轻松，多么愉快！以后，我会安排自己的行为，让"现在"成为生活的全部而对他们却只是回忆；让他们在未来平静的日子里只留下一朵紫罗兰那么小的过去，隐藏在阴影里，有紫罗兰那种颜色，有紫罗兰那种幽香。

  你，小银，在过去里面是孤单的。可是，过去还可以对你怎样呢，你已经活在永恒里，而且跟我一样，手里有每个黎明的红太阳，红得像永生的上帝的心？

1916年于莫格尔